LE PARADIS EST ÉPARS

Du même auteur aux Éditions du Cerf

La Fin de la Chrétienté, 2021

Le Crépuscule de l'universel, 2020

La Démocratie dans l'adversité, 2019

Un personnage d'aventure. Petite philosophie de l'enfance, 2017

La Haine du monde, 2016, rééd. « Lexio », 2019

L'État subsidiaire, « Lexio », 2015

Les Idées politiques au XXe siècle, « Lexio », 2015

Les Pierres d'angle, 2014, rééd. « Lexio », 2021

L'Âge du renoncement, 2011

Romans parus chez d'autres éditeurs

L'Expédition Janus, Monaco, Éd. du Rocher, 2008

Matin Rouge, avec I. Yannakakis, Paris, Presses de la Renaissance, 2005

Quatre, Paris, Mercure de France, 1998

L'Enfant nocturne, Paris, Mercure de France, 1993

CHANTAL DELSOL

LE PARADIS EST ÉPARS

LES ÉDITIONS DU CERF

www.editionsducerf.fr
24, rue des Tanneries
75013 Paris

ISBN : 978-2-204-15426-0

Le paradis est épars, je le sais
C'est la tâche terrestre d'en reconnaître
Les fleurs disséminées dans l'herbe pauvre

Yves Bonnefoy

Samedi déjà, et l'inquiétude partout. Le ciel avait changé de couleur. Plus clair sans doute, avec sur le bord de l'horizon cette ombre d'effroi. Les bêlements discordants des troupeaux répandus sur les pentes de l'Eychauda, évoquaient la chambre des chagrins. Et les mélèzes injuriaient le vent.

Lorenzo avait disparu.

Les premiers jours, je n'ai pas pris garde à son absence. Il avait l'habitude de venir chez nous chaque soir, pour l'apéritif, au moins quand je n'étais pas en refuge. Depuis une semaine, on ne l'avait pas vu à la maison.

Naturellement, et cela dès le vendredi, je me suis rendu à la petite pension de famille, le Saint-Antoine, où il vivait habituellement pendant la saison d'été. Un hôtel modeste, non pas miteux mais très simple, avec des tables couvertes de toile cirée, et une petite terrasse donnant sur le Pelvoux. J'ai interrogé la patronne, Jeanne, que je connaissais depuis toujours puisque nous étions ensemble à l'école du village. Il était sorti le lundi, probablement en début d'après-midi, elle avait vu sa clé encore au comptoir après le déjeuner. Et depuis, l'absence. La femme de ménage avait trouvé la chambre vide et, effrayée par ce désordre qui ressemblait à un ordre caché, s'était contentée de faire le lit. Est-ce que cela lui arrivait souvent, de disparaître pendant cinq ou six jours sans donner de nouvelles ? Jeanne se mit à rire, Mais enfin Chris, tu es le premier à savoir cela, il passe sa vie chez toi, tu connais ses emplois du temps mieux que personne. Non, il ne disparaît jamais de cette manière. Il part en montagne, c'est tout. Soit pour la journée, on le voit quitter l'hôtel le matin très tôt, après son petit-déjeuner qu'il a pris seul dans la cuisine – il connaît la maison par cœur et on le laisse entrer et sortir comme un oncle de la famille. Et dans ce cas, il rentre en fin d'après-midi, pour venir s'affaler sur la terrasse où il demande un panaché. Ou bien, il va dormir au refuge, et dans ce cas, il part en début d'après-midi, comme l'autre jour. Et alors, comme tout le monde, il rentre le lendemain dans l'après-midi, et il réclame son panaché sur la terrasse. Tu vois, Chris, rien d'autre. Il aurait pu aller à Turin, dis-tu ? Quelle idée ! Et avec quelle voiture, et pour faire quoi ? Il ne va jamais qu'en montagne.

Je l'avais supplié mille fois de laisser au moins un mot pour prévenir de ses projets. Il disait oui, oui, et ne faisait rien du tout. Il connaissait bien les dangers, depuis plus de vingt ans que nous arpentions les glaciers ensemble. Mais cela ne l'incitait pas à la prudence. Lorenzo était à la fois pataud et trompe-la-mort, un curieux mélange fait pour l'explosion. C'en était même étrange, cette façon qu'il avait de regarder un danger physique avec une sorte d'étonnement distant, comme s'il se trouvait devant une énigme intellectuelle. Je ne parlerais pas de témérité, d'audace extrême. Mais plutôt d'une sorte d'indifférence. Il ne courait pas vers l'imprudence, non. Il apercevait bien les situations périlleuses, mais il n'avait guère le réflexe de les éviter, il les affrontait comme telles, avec une espèce de familiarité. J'avais perçu à maintes reprises cette négligence quand nous grimpions ensemble : il lui arrivait de proposer des itinéraires redoutables. Je tremblais en pensant à ce qu'il était capable de faire seul, sans mon autorité. Non par bravache, mais par inconscience. Par esprit de rêve. Par distraction. Bref : j'aurais dû être là.

Je suis allé trouver le buraliste, auquel il achetait son tabac chaque jour ou presque, un homme que je n'aimais pas beaucoup parce qu'un mandat municipal l'avait rendu affligeant de vanité. Il m'a répondu courtoisement que Lorenzo n'avait pas pris ses cigarettes depuis lundi. Et aussi Odile, la patronne du magasin de sport, qui connaissait bien

Lorenzo et avait bavardé longtemps avec lui la semaine précédente, quand il était venu acheter de la cordelette d'assurance et faire réparer ses crampons. Quel jour ? Ah, jeudi ou vendredi d'avant, probablement. Mais il n'avait laissé paraître aucune intention sur ses projets de montagne. Il avait demandé des nouvelles des uns et des autres : des enfants, des parents. Quel homme délicieux, ajouta-t-elle.

C'est là que j'ai commencé à flairer une mauvaise affaire, et à broyer sérieusement du noir. J'étais en train de redescendre les pentes de l'Eychauda, rentrant d'une traversée des Quatre Pics avec un client qui dévalait devant moi. J'avais laissé traîner jusqu'à hier, mais cette fois il fallait le chercher. J'allais annuler les courses prévues la semaine prochaine, les confier à un autre guide. J'étais si tracassé qu'une fois arrivé aux chalets de Chambran, j'ai refusé la place que l'on me proposait dans une voiture pour redescendre dans la vallée. J'ai décidé de faire ce trajet en courant, utilisant tous les raccourcis pour déboucher au Saint-Antoine. Je marchais depuis quatre heures du matin, mais j'étais entraîné, et la perspective de devoir parler de rien avec des inconnus, dans la voiture, me fatiguait encore davantage. En dévalant les sentiers, je me dis que cette fois, j'allais chercher des signes pour découvrir où il se trouvait, et fouiller partout. Cette résolution me réconforta. Lorenzo n'avait pas pu partir très loin sans me prévenir. Je le trouverais.

J'ai donc fait ce qu'en aucun cas je n'aurais eu envie de faire : une fois au Saint-Antoine, j'ai demandé la clé et suis monté pour fouiller sa chambre.

En ouvrant la porte, j'ai vu d'abord en rêve la silhouette mince de Lorenzo assis devant le bureau. La semaine précédente encore, j'étais venu le chercher pour aller à la fête des guides. Il m'avait raconté un épisode récent, drôle et pathétique de la vie de l'hôtel. Un homme était arrivé de loin avec sa *bien-aimée* (Lorenzo utilisait de telles expressions surannées parce qu'il avait appris le français à l'ancienne et dans les livres de son grand-père, ainsi il disait *cache-nez* ou *marchand de couleurs*). Au départ, ils semblaient en pleine lune de miel, mais ils s'étaient rapidement disputés, et cela de façon à ce que toute la maison en profite. Ils se lançaient des reproches acerbes à tue-tête en plein repas ou dans la salle d'attente d'en bas, réclamant volontiers le témoignage des clients ahuris et gênés. Au bout de trois jours, la femme avait quitté l'hôtel, et lui était resté, mais s'était mis à passer sa rogne sur tous ceux qu'il rencontrait. Il avait même eu à l'égard de la jeune serveuse des gestes déplacés et des paroles choquantes, du genre que l'on ne peut plus se permettre aujourd'hui envers les femmes. Lorenzo riait de bon cœur en me racontant cette histoire, qui finissait par la menace d'appeler la police et le départ de l'amant éconduit, oubliant toutes ses affaires dans sa chambre. Dans une autre vie, pensais-je, j'irai dans ce petit hôtel d'altitude avec ma *bien-aimée* – mais moi, je ne me disputerai pas.

Je connaissais bien cette chambre sans prétention, nantie d'un lit étroit et d'un bureau qui, placé devant la fenêtre, bénéficiait d'une vue stupéfiante. Elle était rangée, mais pas trop, elle ne sentait pas le grand départ ni le départ précipité. Elle sentait plutôt la méditation interrompue, le désordre des pensées qui voyagent. Le sol était jonché de feuillets parcourus de cette écriture penchée et pressée. J'ai commencé à les ramasser, sans réfléchir, par un atavique souci de l'ordre. Puis, une fois le paquet dans ma main, je me suis avisé que la fenêtre était fermée, que tout cela n'avait pas pu voler avec le vent, et qu'en voulant ranger j'étais en train de déranger quelque chose. Lorenzo écrivait sur des feuilles libres qu'il ne numérotait jamais. Peut-être y avait-il là un testament ou une lettre de suicide ? Non, ce n'était pas son genre. Peu de semaines auparavant, il m'avait dit un jour, devant un lever de soleil sur le glacier des Violettes : On est bien obligé ici de penser que Dieu existe ! s'il existe, il est le maître de la beauté et de nos vies, dont nous ne disposons pas. Aussi je n'ai rien lu, je me suis contenté de remarquer l'écriture, haute et rapide, ramassée vers l'arrière, en pensant que peut-être il y avait là deux ou trois projets différents – une nouvelle, un article promis pour un quotidien italien, et le long roman qui le hantait depuis des années. Je connaissais chacun de ces projets, et j'aurais été capable d'en décrire les rêves flottants. Dans la petite chambre habitaient une foule de personnages : une solitude peuplée, heureuse, attentive. Un vase contenait plusieurs roses qui avaient probablement été offertes par la jeune serveuse de la maison, toujours attentionnée et responsable des massifs. Dans la salle de bains, rien ne manquait : il n'était donc pas parti pour un voyage, au demeurant si improbable. Un peu de linge sale dans la corbeille prévue à cet effet. La vie quotidienne, paisible, d'un célibataire, et la vie inquiète et remuante de l'écrivain, porteur de songes. Je suis allé à la patère au dos de la porte. La casquette de tweed manquait. Puis j'ai ouvert le placard et cherché le piolet, toujours rangé droit derrière les vêtements. Il n'y était pas. Ni les chaussures de montagne. Ni le sac à dos. Alors je me suis affolé. Je lui avais tout appris, mais je n'avais pas réussi à lui apprendre la prudence. J'aurais dû être là – c'était à moi de l'emmener en montagne. Mais la saison battait son plein, et il fallait bien vivre. Je lui avais proposé une fois de se joindre à mes clients, et il m'avait regardé avec stupéfaction : quelle idée baroque ! Il comprenait que je ne pouvais pas refuser les clients au moment rare où il y en avait. Il ne demandait rien. C'était moi qui me perdais dans les scrupules et les reproches.

Maintenant que je suis vieux, regardant peu à peu tout ce que j'aime s'enfoncer et disparaître dans les rainures du temps, je veux raconter cette histoire.

J'étais devenu guide de montagne par honneur de famille, et paysan par tradition de famille. La tradition ne nourrissait guère son homme, et l'honneur encore moins. À cette altitude, il pousse parfois dans les champs plus de cailloux que de légumes ; et les courses en montagne rapportaient bien, mais la saison était si courte. Voilà pourquoi Lorenzo montait seul, pendant la pleine saison, avec son inconscience de poète. Je ressassais l'image de ce vide dans le placard, de ce piolet absent. Lorenzo était parti, sans rien dire à personne, vers les glaciers, et depuis une semaine. Mais où ? Si encore il avait eu une voiture, elle aurait été repérable au pied d'un site, et aurait indiqué une direction. Mais il arrivait dans la vallée au début de la saison en train et en taxi, puis il prenait des navettes, ou faisait du stop. S'il avait eu un accident repéré, on en aurait été averti à coup sûr. Les secours se déplacent dans un hélicoptère qui fait un bruit d'apocalypse, chaque fois tout le monde en parle et on se passe la nouvelle entre la file du boulanger et celle des légumes. Personne ne peut être transporté à l'hôpital de Briançon, ou mourir sur la civière qui remonte des glaciers, sans que toute la vallée le sache, et alors on se raconte la vie du défunt ou du blessé, les circonstances de son accident – en inventant des détails s'il en manque, et les réactions de ses proches. Mais on n'avait pas entendu parler de Lorenzo. D'ailleurs, il n'y avait pas eu de bruit d'hélicoptère depuis une semaine, sauf pour celui qui avait tenté de monter des bouteilles de gaz au Lemercier et qui avait dû rebrousser chemin à cause de l'orage. Tout se passait comme s'il s'était littéralement volatilisé. Je suis descendu jusqu'au téléphone de l'hôtel et j'ai annulé la course prévue pour le lendemain.

Mes parents étaient de simples agriculteurs, des maraîchers plutôt. Nous avions quelques champs de légumes et de pommiers. Ils vendaient les fruits au marché, élevaient des volailles. Alors que j'allais sur mes dix ans, une bonne fortune leur tomba dessus. Ils héritèrent d'une ancienne ferme à côté de chez nous. C'était inattendu. Une maison vaste et belle, beaucoup plus cossue que la nôtre et située dans la même ruelle à une centaine de mètres. Nous aurions pu y emménager. Mais la pauvreté relative de mes parents ne leur fit pas tourner la tête. Au lieu de vendre pour s'enrichir subitement, ou bien d'aller s'installer dans cette demeure qui leur paraissait un palais, ils décidèrent de la louer, se promettant ainsi une source de revenus intarissable, et une retraite pour leurs vieux jours. À cette époque, le tourisme se développait de façon exponentielle, tant l'été que l'hiver. Il n'y avait pas d'hôtel dans notre vallée. Des familles urbaines se précipitaient pour les locations, et les agents immobiliers prospéraient. Mes parents commencèrent à apprêter la ferme pour des gens de la ville, soucieux de confort, ils firent quelques dépenses pour assainir, nettoyer, renforcer l'électricité et le chauffage. Ils rénovèrent le mobilier. Les habitants de notre village étaient coutumiers de ce genre d'aménagement, ils savaient ce dont les touristes avaient besoin ou envie, et ils se passaient des informations sur les magasins et les adresses – car ici, tout le monde vit dans la maison et dans les meubles des générations précédentes, et meubler des lieux de neuf est une affaire considérable. Puis mes parents passèrent une saison à envoyer des lettres et à se renseigner auprès de professionnels. Il s'avéra que la ferme, spacieuse et d'une grande beauté, nantie d'un jardin qui donnait sur les champs de pommiers, serait d'un rapport fructueux. On me chargea de noter la description générale de l'espace, afin d'en faire une fiche qui partirait dans les annonces. Je fis donc connaissance de la maison, dont je n'avais vu jusque-là que la salle à manger, quand nous rendions visite à cette tante âgée qui nous avait constitués héritiers. C'était une immense bâtisse, comme on en fait dans la région depuis la Renaissance : cinq étages, pas moins, reliés par des échelles extérieures qui zébraient les balcons ouvragés. Il fallait abriter là, autrefois, pendant les hivers enneigés de six ou sept mois, et les hommes et les bêtes et leur nourriture à eux tous. Le tout reposait sur trois voûtes romanes de pierre blanche qui ouvraient sur le rez-de-chaussée, domaine hivernal des troupeaux. Les deux étages du milieu étaient destinés aux humains, et les deux étages de l'immense grenier débordaient de foin. Ce n'était pas vraiment une maison : plutôt une arche, destinée à franchir le mauvais temps et le temps de l'histoire. Elle se dressait dans cette ruelle somptueuse, au milieu d'autres arches à la beauté ignorée de tous, et ce fut sans doute ce jour-là, à dix ans, parce que pour la première fois j'avais la clé de cette maison dans la poche, que je soupçonnais ce qu'elle décelait de magie. Le rez-de-chaussée abritait deux pièces voûtées au sol de terre battue, encombrées de bois et d'outils. L'escalier extérieur donnait sur un vaste balcon et une salle de séjour mangée par la profonde cheminée. En tout, cinq chambres, dont trois au deuxième étage. J'allai visiter les deux greniers, aériens, aux planchers disjoints, encore jonchés de foin abandonné. C'était comme une seconde maison sans utilité aucune, seulement là pour raconter l'histoire. Puis je redescendis et me mis à ces petits travaux que mon père m'avait commandés. J'étais déjà bricoleur, et l'électricité ne me déplaisait pas. Je devais vérifier toutes les lampes, et réparer s'il fallait. En descendant l'escalier, j'avisai un grand cafouche encombré de skis qui devaient dater de Coolidge ou de Whymper, et équipé d'une ampoule brisée. Je restai toute la journée dans la maison, et commençai à l'apprivoiser. Depuis les balcons s'étendait la vue sur nos vergers de pommiers. Je demeurai un moment assis au bord extrême du second grenier, juste sous le faîte du toit, balançant mes jambes nues dans le vide et contemplant d'en haut le village de mon enfance. Non pas que j'eusse aimé m'installer ici. La maison de mes parents, modeste et familière, me suffisait bien. Mais ici commençait sans doute un autre monde, que j'avais envie de connaître. Les pressentiments n'ont ni origine ni explication – ils vous assaillent, c'est tout.

Vint le moment de leur arrivée, annoncée pour un 5 juillet. Cela tombait un jour de marché. Mes parents me chargèrent de recevoir les locataires, de leur montrer les lieux, de m'enquérir de leurs besoins. J'étais fier de cette mission et j'attendais cet instant avec impatience. En fin de matinée, on frappa à la porte et je trouvai un homme grand, vieillissant et distingué, coiffé d'une casquette de tweed et le sourire aux lèvres. Je me présentai et priai d'excuser mes parents. Mais la maison était là, tout à côté, dis-je, je pris les clés, et nous partîmes dans le chemin tandis que la voiture conduite par son épouse nous suivait lentement. Aussitôt, il engagea la conversation avec cette aisance, cette mansuétude facile dont sont capables les gens des hautes classes. Il me demanda mon prénom, mon âge, dans quelle école j'étudiais et en quelle année. Je remarquai qu'il me voussoyait, comme si j'eusse été un adulte, et cela me flatta. Mais il m'appelait par mon prénom.

Quand je lui montrai la maison, toute proche, il s'arrêta et s'esclaffa. Quelle merveille ! dit-il. Chris, quelle est l'époque de ce type de maison ? Je lui dis, probablement dix-huitième, comme en témoignent les voûtes – peut-être avant. Quelle merveille ! répétait-il, et j'étais fier.

Je montrai l'endroit où se garer, et la famille sortit de la voiture, d'abord les trois enfants comme des ressorts, visiblement accablés par la longueur du voyage, puis une femme grande et chic, qui vint me serrer la main. Elle regarda la maison que son mari lui désignait et murmura : Quelle joie de s'installer dans un aussi bel endroit ! Le père saisit par le bras l'un des garçons : Voici Lorenzo, qui a exactement votre âge ; Lorenzo, voici Chris. Le garçon était plus petit que moi, mince, avec des yeux très clairs, trouant l'espace dans un visage de désordre. Il tenait un livre à la main. Il jeta un regard à son père avant de me saluer, comme s'il avait eu besoin d'une permission. Puis il me tendit la main, gauchement, et resta là planté sans rien dire, l'air embarrassé. On aurait dit, pensai-je, un oiseau tombé du nid.

J'étais grand et fort pour mon âge, et je connaissais déjà les sentiers, au village nos parents nous laissaient aller seuls en montagne aussitôt que possible, et sans crainte exagérée. Je cherchais en permanence des compagnons de marche et ma mère me dit, tu devrais aller trouver ce garçon de ton âge, chez les locataires. J'y allai, poussé tout autant par le désir d'entrer à nouveau dans la maison qui m'apparaissait enchantée. Le père qui se trouvait dans le jardin m'accueillit avec chaleur et me fit entrer en appelant : Lorenzo, c'est Chris, ton contemporain, qui te cherche. Nous avançâmes à travers les pièces ombreuses et je vis que Lorenzo se trouvait dans le cafouche, assis par terre les jambes repliées, lisant sous la lampe que j'avais réparée la semaine précédente. J'eus l'impression qu'il se levait à contrecœur, pour obéir à son père, et je regrettai d'être venu. Je lui fis ma proposition d'aller marcher ensemble un jour prochain – demain ? pour gravir un petit sommet, une journée entière. Il hésita. Il agrippait son livre des deux mains, regardait par terre, et quand il leva les yeux vers moi je ne sus que penser de cet air à la fois étonné et confus. Il y avait chez lui quelque chose de débraillé. À cet instant, je le savais, il me considérait comme un importun. Mais son père intervint doucement : Lorenzo, mon ami, tu seras heureux d'aller en montagne, cet après-midi nous irons t'acheter des chaussures de marche.

C'est ainsi que j'entrai par effraction dans sa vie.

Je pris l'habitude d'aller le chercher. J'avais plus de liberté que lui, et avec moi ses parents le laissaient partir. Je sus vite comment le trouver. Il se tenait dans le cafouche sous l'escalier au milieu des paires de skis, assis par terre en tailleur, son livre sur les genoux. Ce lieu étroit et sombre était éclairé par l'unique lampe, dont le halo puissant tombait sur les pages. Le visage de Lorenzo était exagérément penché, et comme tombé sur le livre, dans une sorte d'emprise hypnotique. Il se réfugiait là pour échapper à sa famille. À l'époque où il n'écrivait pas encore – du moins à ma connaissance –, il lisait son Dante à l'abri du regard moqueur de sa fratrie. Me voyant venir, sa mère l'appelait en français : Lorenzo, sors de ton cagibi ! ton ami est là. Elle disait *cagibi*, parce qu'elle avait appris le français de Paris. Devant moi, toute la famille parlait notre langue, par politesse. Ils étaient étranges, en tout cas si différents. La mère de Lorenzo ne s'employait à aucun de ces travaux ménagers qui occupaient ma mère tout le jour. Elle était assise dans une chaise longue, une pile de livres à côté d'elle, une autre sur ses genoux, et elle commentait ses lectures pour son mari qui arrosait les plantes en pot ou surveillait les enfants. Je me demandais comment cette famille mangeait, soignait ses vêtements ou changeait ses draps. Une fois ou l'autre, ayant eu l'occasion d'entrer dans la maison, je remarquai en effet que le désordre régnait, et lors de nos journées en montagne il était facile d'observer que Lorenzo se baladait avec des chaussettes trouées et des ourlets défaits. Jamais on n'aurait toléré chez moi cette indifférence aux choses domestiques. Le frère et la sœur de Lorenzo étaient plus jeunes que lui. Son frère Raffaele avait juste un an de moins, c'était un garçon fragile et maladif, sujet à de terribles crises d'asthme, la raison même de la venue de la famille dans cette région. La petite fille, qui se prénommait Giulia, était nettement plus jeune, et ses frères jouaient avec elle comme avec un petit chat. En dépit de son statut de grand, Lorenzo ne jouait aucun rôle d'aîné. Il ne profitait pas de son âge pour commander, mais pour exiger qu'on le laissât tranquille. Il ne jouait guère avec eux, sauf aux échecs avec son frère, et encore, toujours les yeux ailleurs et comme en boudant. Il était affectueux avec sa sœur, mais de façon inconsistante, pensant à autre chose, et jamais longtemps. Moi qui avais toujours regretté d'être fils unique, je me disais que mon sort était peut-être le meilleur, observant ce qu'une fratrie pouvait engendrer d'indifférence. Dans cette famille, le père et la mère semblaient constituer une société à part, occupés de conciliabules interminables et riant de choses ignorées de tous. Je me demandais ce que Lorenzo pouvait penser de ma propre famille, mais je ne le sus jamais. Je ne suis pas sûr qu'il se soit intéressé à ma famille comme je m'intéressais à la sienne. Nous faisions partie du paysage, et toute la vallée était formée de familles comme la mienne. Tandis que celle de Lorenzo exhalait un parfum d'aventure.

Il se révéla un compagnon facile et même docile. Il marchait bien, s'esclaffait devant les paysages, s'intéressait au nom des sommets, aux animaux et aux plantes, et partageait volontiers son déjeuner. Il acquiesçait toujours, il se trouvait toujours d'accord, et j'étais heureux, dans la gloire de mes dix ans, d'être le chef et de diriger ce citadin qui admirait ma vallée. Quelques années plus tard, j'allais me désoler de cette obéissance parfaite, qui m'apparaîtrait comme un manque de caractère, une incapacité de s'opposer, une faiblesse. Ce ne fut pas le moindre des obstacles à notre amitié naissante : cette servilité, qui au début me grandissait, devint rapidement pour moi une gêne. Plus tard encore j'allais comprendre de quoi il s'agissait. Lorenzo entretenait en permanence un monde intérieur plein de méandres, de nuances et d'arguments. Il nourrissait des personnages multiples qui se répondaient les uns aux autres. Il fallait le connaître de près pour apercevoir cet engloutissement proche de la noyade. La richesse du monde intérieur rendait vaines la plupart des questions de la vie quotidienne. Il aurait été somptuaire, et inutilement dispendieux, de s'épuiser dans un débat sur la direction à prendre, ou le menu du déjeuner. Les discussions étaient évitées par une sorte d'économie personnelle, à seule fin de protéger l'espace intérieur et de laisser libre cours à la rêverie. C'était pour ces raisons, je m'en rendis compte plus tard, que Lorenzo était si obéissant à ses parents, si serviable avec sa jeune sœur, et si souriant partout. Quand je vis cela de façon éclatante, à quelques distractions ou à une indifférence qui perçait derrière les enthousiasmes, je fus vexé. Ce qui était bien normal. J'aurais voulu occuper toute la place, et cette zone d'ombre me tenait à l'écart. Je m'en ouvris à ma mère – à mon père je ne pouvais pas, il m'aurait sûrement répondu : Qu'est-ce que tu vas encore chercher comme salades ? Je dis à ma mère que Lorenzo avait des secrets, plein de secrets, et que j'en étais affligé. Elle me jeta un regard doux par-dessus son raccommodage : Si tu veux être son ami, il te faut le prendre comme il est ; ne te pose pas tant de questions ; tu peux l'apprécier sans le comprendre tout à fait.

Le monde dans lequel je le faisais entrer était hostile, et redoutablement attirant comme tous les vrais dangers. On savait ce qu'il coûtait, en fatigue, en échecs, en apprentissages douloureux – mais on ne pouvait décrire exactement ce qu'il apportait : des joies éclatantes et sans motif, des victoires déraisonnables sur soi-même. Et d'une manière générale, c'était le royaume de l'indicible, de l'inutile et du risque encouru pour rien. Lorenzo, toujours prompt à méditer et à disserter sur chaque chose, ne m'en parla jamais. Cependant, je sentais intuitivement qu'il trouvait dans la haute montagne ce qu'il aimait au plus haut point : la beauté et le risque. Son monde, lui, manquait de chair.

En ce temps-là, j'étais toujours le chef, parce que je connaissais la montagne et les chemins. Il me suivait avec une espèce de joie calme. Si je disais : Regarde ces nuages, c'est l'orage qui arrive ; tant pis pour le sommet ; on redescend. Alors il obtempérait aussitôt, sans murmurer. Oui, j'étais le chef. Mais je sentais déjà que ce qui se passait dans le cafouche présageait de grandes choses que j'allais apprendre de lui – et bientôt. J'étais heureux de comprendre que cela rétablirait une égalité malmenée. J'attendais ce moment où il me décrirait ses pensées. J'attendais le moment où il m'en trouverait digne – enfin, c'est ainsi que je voyais les choses, tout se mérite, et je n'étais pas un violeur de trésor. Je ne lui en parlais jamais, ni ne demandais rien. Je le voyais transporter partout ce petit livre usé jusqu'à la corde, et même dans les endroits les plus incongrus, puisqu'il le fourrait dans son sac à dos par-dessus les oranges, le traînait en refuge, enfin dans tous les endroits où il n'avait rien à faire : on ne lit pas en marchant. La plupart de mes amis, à ma place, se seraient moqués de lui, les enfants sont cruels et ne supportent pas l'originalité qui leur apparaît toujours comme une insulte. Mais je ne le raillais jamais. Non par prudence, mais par conviction. Je le respectais en entier, lui et ses marottes. Bientôt je me rendis compte que, seul dans son cas, il échappait à mes jugements et à mes préjugés. J'attendis donc longtemps, patiemment, avant de connaître ce que j'imaginais comme un secret épais et passionnant. Peut-être quatre saisons entières, pendant lesquelles je voyais ce livre passer dans le sac et en sortir, et au refuge, traîner dans notre panier de nourriture, et ouvert entre ses doigts sur la couchette alors qu'il s'était endormi dessus, et sur ses genoux dans le cafouche sous le halo violent de l'unique ampoule, et dépassant de sa poche pendant les marches d'approche, et partout et toujours. Peut-être quatre saisons, pendant lesquelles on nous permit peu à peu d'accéder à des marches plus difficiles. Au fond, j'aimais cette attente et je la savourais. Elle était comme l'antichambre de l'amitié, la promesse de découvertes magnifiques. Et l'espérance est encore plus belle que la possession. Pendant ces quatre étés je marchais devant comme d'habitude, indiquant les chemins et les pentes, nommant les sommets pour lui, détaillant les craintes du ciel, racontant les histoires d'escalades et d'accidents et d'aventures, et lui marchait derrière moi en écoutant sans perdre un mot, son livre mystérieux dépassant de la poche ou jeté dans le sac.

Un jour, après l'ascension de La Blanche, nous nous étions arrêtés à la descente, un peu au-dessus de la Croix du Chastellet, pour déjeuner dans l'herbe. Il me parla de Dante, avec ses mots de simple garçon. Il ressemblait, dans sa rusticité enfantine, à un sauvage manipulant des choses précieuses avec un respect exagéré, dans la crainte de les profaner au passage. Je vis que ses mains tremblaient, à la fois parce qu'il évoquait son héros, et probablement aussi parce qu'en le dévoilant devant moi, il craignait mon incompréhension, ma stupeur, ou simplement mon silence ignare. Il me parla de l'Enfer et aussi de Béatrix. Avec ses mots, cela ressemblait à un conte, et c'en était un, tel que je le compris, comme l'un de ces contes dont me berçait ma grand-mère autrefois pour m'endormir. J'étais surpris. Le monde dans lequel j'évoluais ne laissait guère de place à ce genre de préoccupations. Nous ne parlions à la maison que de choses réelles : le temps, l'état de la nature, les événements du village, la santé des vivants ou le souvenir des morts. Chez nous, les contes étaient exclusivement réservés aux enfants et aux fous. Je sentis un gouffre profond entre Lorenzo et moi. Et aussitôt je pris une décision : j'entrerais dans ce conte, et aussi dans tous les autres. J'entrerais dans ce livre, dussé-je m'y noyer. Je ferais tout pour le comprendre et l'apprécier. J'en deviendrais si familier que je pourrais plus tard en parler avec lui presque en égal – de même que lui, le regard émerveillé, mettait ses pas dans les miens sur la pente des glaciers.

Dans la conscience diffuse du chemin qui me restait à parcourir, je me gardais bien de demander à lire le Dante. Je comprenais qu'il me fallait un interprète. Bien sûr, je lisais nombre d'histoires, et pas seulement celles que me commandait l'école, car j'aimais ça – des livres un peu surannés comme *Les Trois Mousquetaires* ou les Jules Verne, c'est-à-dire ceux que possédait la bibliothèque de la paroisse. Mais le seul conte important que je connaissais un peu, c'était la Bible. Je demandais à Lorenzo s'il y avait un lien entre les deux, puisqu'il y était question de thèmes semblables. Ainsi s'amorça notre première discussion, dans laquelle il était le maître, et moi un élève timide et emprunté. À propos de la Bible, il me dit que Dante croyait au bonheur, et je ne compris pas ce que cela signifiait, « croire au bonheur ». Mais je me tus, et ne posai pas d'autre question, parce que j'avais peur de ma propre ignorance. Pendant ce temps, nous finissions notre pique-nique. Je me rappelle que ce jour-là le paysage était d'une beauté féerique. Nous avions une vue imprenable sur les sommets du glacier Noir, sur le Pelvoux, sur le massif des Agneaux avec son cortège de glaciers de haute altitude, qui paraissaient flotter dans l'air épais de midi. Nous rangeâmes les reliefs de notre repas pour les pousser dans les sacs. Lorenzo se leva et, sans me regarder, d'une voix impassible, il chuchota : Enfin, tu sais, je veux devenir écrivain.

Nous redescendîmes lentement, alors que la descente en temps ordinaire était pour nous un feu d'artifice, l'occasion de courses de vitesse bruyantes et de chutes joyeuses. Je marchais derrière, comme il sied au chef dans la descente. C'était donc ça ! Jamais je n'avais rencontré un écrivain, et il n'y en avait pas au village. Parmi les touristes, l'été, si. Notre vallée attire les intellectuels, c'est bien connu. Mais je n'en avais jamais rencontré, et ils ne faisaient pas partie de mon univers. Je compris cette annonce de Lorenzo comme une trahison. J'aurais pu à la rigueur tenter de comprendre le Dante. Mais là… Il s'éloignerait de moi tout à fait, et je lui deviendrais étranger. Pire, il semblait ne pas s'en préoccuper. Pas tant à droite, dis-je, tu tomberais sur des falaises, prends à gauche. Écrivain. Se rendait-il compte que c'était là un voyage sans retour, un aller pour la lune ?

J'ai décidé de ratisser large, et de me rendre dans tous les lieux qu'il aimait. Je suis passé chez moi pour renouveler le contenu de mon sac à dos, et prévenir Camille. Elle tenta de trouver des raisons pour me rassurer, mais n'en trouva pas. Lorenzo était si calme, si prévisible, si tourné en-dedans, dit-elle, que seul le ciel pouvait lui tomber sur la tête. Et c'était bien ce que je craignais. J'ai repris la voiture et la route du Pré de Madame Carle. Avant de monter au refuge, il me fallait interroger les locataires du Logis des choucas, parce que Lorenzo les connaissait presque tous. À Ailefroide j'ai garé la voiture au petit parking devant la Maison des guides, et traversé le village jusqu'au torrent. Ailefroide n'a pas volé son nom : une vallée entourée de montagnes si abruptes et vertigineuses que le soleil y séjourne peu, et l'ombre, presque toujours. L'altitude n'est que de 1 500 mètres, mais les sommets qui enserrent le hameau de tout près, avoisinent les 4 000. On y est assiégé par les pentes raides et pierreuses, les falaises de schistes, les cheminées où les grimpeurs se bousculent. Tout y est trop raide, trop suspendu dans le vide pour qu'on aperçoive les glaciers qui laissent émerger là-haut quelques corniches de glace. Au sud, l'immense paroi noire est fendue de haut en bas par une fissure célèbre où les écoles d'escalade rivalisent. Au nord s'étagent les milles sinuosités abruptes qui descendent du mont Pelvoux sur deux mille mètres de dénivelé, coupés de tant de ravins abyssaux et de surplombs meurtriers que nul débutant ne peut se risquer seul dans cette voie de descente. Habité par les pierres brutales, le hameau apparaît noir et violent comme une scène de crime, et pourtant, autour du torrent le fond de vallée est tapissé d'hectares de grands épilobes mauves, hauts comme des personnes, auprès desquels on marche avec respect. Pendant l'hiver, le hameau est coupé du monde par une grande avalanche qui tombe chaque année sur la route de Pelvoux. Aussi, on ne déneige pas, et les chalets sont fermés. Les randonneurs à ski traversent alors ce village fantôme, avec précaution par crainte d'en réveiller les mânes, pour aller jusqu'au Pré de Madame Carle puis au glacier Blanc puis jusqu'au Dôme de neige des Écrins. Mais l'été, Ailefroide ressemble à un paradis, lové dans ses fleurs luxuriantes et ses pentes démesurées. Un paradis sévère et somptueux, qu'on n'ose interroger par peur de ne pas comprendre la réponse, qu'on n'ose apprivoiser par peur de n'en être pas suffisamment digne. Il faut mériter cette antichambre des dieux. Les habitants en sont conscients. Ils arpentent ces chemins avec une prudence d'imposteurs et une émotion d'esthètes. Un lieu rêvé pour les contemplatifs et peut-être pour les saints. C'était du moins ce que je pensais et, quoiqu'ayant pour ainsi dire mon rond de serviette à la Maison des guides, je n'entrais jamais dans cette vallée que le cœur battant, comme s'il y avait eu une pancarte à l'entrée : Ici commence le pays enchanté, l'inquiétant Éden.

Le *Logis des choucas* n'était pas un nom officiel, mais un nom d'usage, conféré il y a longtemps par la présence d'un locataire inordinaire, un grimpeur surdoué qui ressemblait à un oiseau, et qui entraînait les autres. Je n'ai jamais su à qui cette maison appartenait. Peut-être, après tout, était-elle propriété de la commune. En tout cas, elle recevait tous ceux qui ne trouvaient pas où aller, pour un loyer extrêmement modique. C'était une maison d'alpage immense et désuète au bas d'une moraine, probablement construite pour servir d'hôtel d'altitude à l'époque où les gens mouraient comme des mouches de maladies respiratoires. Elle comportait un grand nombre de chambres toutes installées de guingois, donnant dans de sombres couloirs et ouvrant sur des terrasses couvertes de roses trémières qui poussaient comme du chiendent. La rose trémière est une plante de désert, capable de venir sur le granit, et ses teintes presque minérales ont le charme des choses surannées. Comme partout ailleurs, un rez-de-chaussée voûté servait de resserre et de bûcher. Parce qu'elle était immense et parce que personne ne l'entretenait jamais, la maison ressemblait à un vaste capharnaüm. Il s'échappait d'elle, de ses pièces en désordre et de sa vétusté fière, un sortilège d'enfance, et comme une inquiétude secrète. Je la connaissais par cœur, pour y avoir rencontré des clients potentiels ou passés ; et aussi, pour y avoir admonesté quelques trompe-la-mort qui avaient manifesté l'intention d'entreprendre des ascensions au-delà de leurs forces et de leurs moyens. Si un inconscient risquait de braver inconsidérément la montagne, il provenait en général de cette maison-là. Et si on craignait que tel ou tel surdoué de la grimpe s'en aille narguer les éléments et exposer en même temps la vie des secours en montagne, alors c'était toujours moi qu'on envoyait, au nom de je ne sais quels présumés talents diplomatiques. À quoi j'échouais parfois, et gravement. Un jour, des jumeaux inconnus venus de Paris et qui n'avaient jamais vu la montagne, annoncèrent qu'ils se mettaient en marche pour le Pilier sud des Écrins, l'une des courses les plus difficiles du massif, et par temps d'orage en plus. Familiers de l'école d'escalade de Fontainebleau, ils grimpaient comme des professionnels, ce que tout le monde avait pu constater dès le premier jour. Pourtant, l'alpinisme ne nécessite pas seulement une technique, comme celle qu'on peut exercer sur un mur d'escalade. Il faut composer avec les éléments, constamment défavorables et parfois meurtriers. Alerté par une rumeur et envoyé par mes pairs, j'étais allé au Logis des choucas pour parler à ces deux garçons, très jeunes, vingt ans peut-être, et gavés des volumes du Guide Labande et Devies qu'ils connaissaient par cœur. Aucun avertissement n'avait rien pu faire. On aurait dit qu'ils parlaient une autre langue. Ils étaient partis vers le glacier Noir par un matin brumeux, bardés de matériel sophistiqué, alors qu'on annonçait l'orage. Deux jours après, l'un d'entre eux était revenu seul : son frère avait dévissé dans la face sud.

Je pensais à cette histoire chaque fois que j'entrais dans la maison. Laquelle, il faut avouer, était toujours emplie de fous de montagne, enclins à friser l'imprudence, d'autant que leur âge les rendait pour ainsi dire immortels. L'atmosphère des lieux racontait cette ferveur presque tragique.

L'été, la maison était presque toujours pleine, chaque petite chambre occupée, les parties communes ouvertes à tout vent et parcourues par des jeunes gens pressés, à moitié vêtus, porteurs de matériel ou de nourriture. Chaque étage possédait une cuisine commune. Et, détail qui pourrait paraître extraordinaire aux yeux de n'importe quel citadin, tout ce matériel de montagne coûteux traînait dehors et dedans, offert aux regards et aux convoitises, aucune porte ne fermait à clé, les rangées de piolets attendaient sagement contre le mur extérieur et les cordes précieuses séchaient au soleil, presque dans la rue. Nous n'avons pas ici de voleurs de sacs à main ni de cambrioleurs nocturnes. Les malfrats, l'été, fréquentent les plages, mais il n'y en a pas en montagne. Pourquoi ? Parce que le malfrat par définition ne fait pas d'effort, voilà pourquoi. On n'imagine même pas un voleur, même un petit voleur, se fatiguant à grimper quelque part – il n'est pas fait pour ça, tout simplement, et s'il vole, c'est justement qu'il ne sait pas faire d'efforts. Il n'y a ici que des aristocrates de l'esprit, courant après une beauté qui s'arrache de haute lutte. Ainsi les locataires de la maison étalaient-ils leurs trésors aux yeux du monde, de nuit comme de jour.

Ici la clientèle était particulière, si encore on pouvait parler de clientèle – il s'agissait plutôt d'une sorte de communauté silencieuse. On n'aurait pas pu y rencontrer, par exemple, des groupes de menteurs ou de fanfarons, parlant fort. Les lieux étaient hantés par des passionnés qui avaient passé l'hiver à étudier les voies, et considéraient la grimpe comme une sorte d'apostolat.

Ce jour-là, une douzaine de jeunes gens occupaient les pièces et les terrasses, affairés chacun à des préparatifs techniques auxquels on sentait qu'ils avaient voué toute leur âme. Plusieurs étaient assis au pas de la porte principale et écoutaient religieusement l'un d'entre eux qui, tenant un Guide Labande à couverture de toile bleue passée, tout déchiqueté par les intempéries, lisait le détail d'une voie : « …du milieu de la corniche avant le verrou, monter tout droit dans le grand mur qui domine de 25 mètres, et faire relais sur une minuscule vire à main droite (V et V sup soutenu). Gravir directement le mur bombé et lisse qui domine, haut de 4 à 5 mètres (extrêmement exposé, VI)… ». Deux autres comparaient des mousquetons de marque différente et leurs qualités respectives. L'un, à la lumière, vérifiait une corde de rappel. Un garçon malhabile et consciencieux recousait une guêtre probablement déchirée par un crampon. Le petit groupe des filles triait des vêtements en commentant des événements et des livres. On apercevait peu de traces d'une vie domestique. Un peu de linge de corps séchait sur un fil au dehors. Jamais aucune odeur de cuisine. D'ailleurs, il était facile de comprendre comment s'organisait la vie dans cet endroit. Tous ascétiques comme le sont les grimpeurs, ils ne se nourrissaient que de pâtes, méprisaient le vin et la bonne chère, dormaient peu et ne rêvaient que des pays du vertige. Par leur maigreur et leurs regards taciturnes, ils ressemblaient aux choucas éponymes. Il suffisait de les regarder, ce que je faisais toujours avec sympathie et étonnement : j'avais été touché, oui, pendant un été, par cette passion de doux dingue qui vous faisait oublier tout danger et courir sur la paroi avec des étoiles plein les yeux. Mais pour le reste, j'avais grandi dedans et considéré cela comme un métier. Tandis que ces étudiants citadins, enfermés toute l'année entre leurs murs et leurs livres, fabriquent des rêves avec une puissance considérable. La haute montagne devient pour eux un domaine inaccessible, comme s'ils pouvaient entrer dans la page du conte. Je regardais toujours avec tendresse leur maigreur monacale, leur sérieux et leur méticulosité. Ils s'émerveillaient de ce que j'avais, moi, reçu au berceau. Je me sentais, en les voyant, dépositaire d'un trésor fabuleux.

Ce jour-là était comme tous les autres, et le Logis des choucas plein de chuchotements fervents, de baudriers cliquetants et de cordes suspendues à sécher. J'étais là sur le balcon de devant, au milieu des roses trémières et des sacs de montagne entassés, quand quelqu'un m'a hélé. C'était l'un de mes élèves de l'école de glace, un certain Rémi. J'ai commencé par lui et mené une enquête serrée. J'ai demandé à chacun d'entre eux quand il avait vu Lorenzo pour la dernière fois. Certains le rencontraient très souvent.

Il passait là des journées entières. Ils m'ont admis parmi eux, me disait Lorenzo ; il est vrai que je sais faire cuire les pâtes avec assez de talent ! je pourrais presque être leur père, mais ils me respectent : mystère ! ils m'ont demandé de leur raconter des histoires italiennes ; à Rome, il ne se passe rien, sauf quand il meurt un pape ; il a fallu que je leur décrive par le menu toutes les statues du pont Saint-Ange ; pour la plupart ils font de brillantes études – j'ai noté cette année deux normaliens, trois doctorants, un polytechnicien ; leur culture est à l'avenant ; comment comprendre la moyenne si élevée du niveau intellectuel dans ce milieu ? il y a sans doute quelque chose, à partir d'une certaine altitude, qui ressemble à leurs pensées, ou qui les rejoint, ou qui les suscite… j'ai l'intuition, disait Lorenzo, que la haute montagne ressemble à mes livres ; pourtant, on dirait que la passion pour l'alpinisme écarte tout le reste, et les laisse hagards, préoccupés de voies, de matériel, de météo.

Pour l'heure, j'ai pris le temps qu'il fallait et les ai interrogés un par un, en leur expliquant pourquoi. Aucun d'eux ne m'apparut indifférent à la disparition de Lorenzo, et ils m'aidèrent de leur mieux pour tenter de démêler l'énigme. L'un d'entre eux en particulier, un certain Julien, garçon interminable doté d'une grande queue-de-cheval blonde, abandonna le rangement de ses pitons d'escalade pour me poser mille questions. Il ressortait que Lorenzo partait souvent en montagne, à peu près trois fois par semaine, et en ce moment, toujours seul et toujours sans rien dire à personne. Il venait seulement raconter ses courses après. Mais il n'avait envie ni qu'on le conseille ni qu'on le piste. Tout cela, je le savais déjà, mais je fis mine d'en apprendre afin de réclamer d'autres détails. L'un d'eux me dit que Lorenzo aimait refaire indéfiniment les mêmes courses, surtout quand il était seul, et cela aussi je le savais déjà. Personne ne l'avait vu depuis une dizaine de jours, et même ledit Julien commençait à se demander pourquoi. Un autre me parla du matériel de Lorenzo : un piolet pourri, dit-il en me jetant un regard de reproche, comme si je devais en être tenu pour responsable. J'ai pensé qu'en effet, le piolet dont il se servait était toujours celui offert par son père l'été de nos quinze ans. Mais enfin, cela n'avait rien à voir avec sa disparition, j'étais agacé par leurs réactions à la fois minutieuses et moralisatrices, je ne comprenais pas que l'on puisse ainsi disparaître sans laisser aucune trace, sans parler à personne, sans rencontrer âme qui vive. J'avais beaucoup compté sur cette visite chez les choucas, et je suis parti déçu, les laissant à leurs raccommodages et à leurs bolognaises.

Il s'avéra que la santé de Raffaele gagnait beaucoup à ces saisons en haute montagne. Le premier hiver avait été prometteur, et le second carrément favorable. L'asthme régressait. La famille de Lorenzo prit chez nous ses quartiers d'été, pour chaque année et pour toujours.

C'était souvent son père que je trouvais à la maison, quand j'allais le chercher. Vous direz bien à vos parents à quel point nous sommes heureux ici, me disait-il. Et une fois : Au fond, il faudrait que j'aille leur dire moi-même ; que je leur fasse une petite visite ; vous pourriez arranger cela, Chris ? Mais je n'arrangeai rien du tout. Leur désinvolture patricienne aurait effrayé mes parents, qui savaient se tenir, mais voulaient que chaque chose fût à sa place, et que chaque mot eut un sens concret. Non pas que j'eusse honte – j'étais déjà trop lié à Lorenzo pour n'avoir pas dépassé cela. Mais je craignais à la maison quelque commentaire qui aurait écorné mon bonheur, par exemple « ils sont fiers », mot-valise qui ne désignait pas forcément l'arrogance, mais s'appliquait à tout ce que nous ne comprenions pas.

Aussi je m'abstins. Il n'y eut jamais de rencontre. Chaque année, le père de Lorenzo venait chercher la clé en arrivant et la rendre en repartant, à la fin de la saison. Le premier jour et pour marquer ses salutations, il apportait de Rome une boîte de chocolats. Et on en resta là.

L'été de nos quinze ans, par un été radieux, nous fîmes l'essentiel des courses classiques et abordables pour des amateurs que nous étions : les Agneaux, la Roche-Faurio, Neige Cordier et Roche Émile Pic, les Cinéastes. À la fin août, sachant qu'il ne restait à Lorenzo qu'une semaine de vacances, nous projetions de terminer par le Dôme de neige des Écrins. Je connaissais les difficultés et les quelques risques supplémentaires, qui faisaient passer cette course dans une catégorie supérieure. J'en parlais à mes parents, qui me firent toute confiance : Si tu crois que tu peux, vas-y, mon garçon. Puis j'allai chez Lorenzo et décrivis le projet. Sa mère demanda pourquoi nous n'attendions pas l'année prochaine, et je compris qu'elle voulait gagner du temps. Mais son père n'était pas de cet avis : Ma chère, tu n'as pas à avoir peur ; Lorenzo doit courir ses risques, sinon il ne fera jamais rien de sa vie. C'est ainsi que nous partîmes pour le Dôme. J'avais cependant promis à mon parrain, Bertrand, qui connaissait la montagne mieux que mes parents, de ne pas tenter une seconde de monter à la Barre, et de ne même pas m'aventurer vers la brèche Lory. Nous avons dormi au refuge Caron et sommes partis à quatre heures. Je perçois encore le sentiment de jubilation qui nous étreignait pendant toute la montée, jusqu'à la rimaye au moins. Il apparaît en de rares moments que l'existence est une conquête victorieuse où l'on marche en plantant des drapeaux. C'est un bonheur calme, avec toute l'exultation en dedans. On est persuadé, alors, qu'on ne mourra jamais.

Cette année-là, la rimaye était ouverte et béante. En général passaient à un moment ou un autre de la saison des colonnes de chasseurs alpins qui l'équipaient carrément d'une échelle pour aller plus vite, et laissaient les cordées suivantes l'utiliser. Mais ils n'étaient pas venus cette année-là, ou alors très tôt dans la saison. J'avais appris à Lorenzo à assurer dans les cas difficiles. Nous installâmes le piolet et la corde et je m'élançai dans le passage. Je dus contourner un pont de neige branlant et demander du mou. Quand j'arrivai sur la rive supérieure, il y avait bien six mètres de corde entre nous. J'ai épilogué mille fois, en secret, sur cet épisode de notre vie. Si j'étais tombé alors, et je n'étais qu'un enfant, certes rompu aux artifices de la glace, mais un enfant, j'aurais dévalé de plusieurs mètres au fond de la crevasse. Lorenzo aurait pu me retenir, mais non me faire remonter. À l'époque, on n'avait pas de baudrier, et suspendu on ne restait pas en forme très longtemps. Des années après, j'en faisais encore des cauchemars, toujours les mêmes. Lorenzo accroché à la corde enroulée au piolet, peinait à supporter mon poids et appelait à l'aide. Mais il n'y avait personne, autour de lui le soleil aveuglant du matin et la neige partout. Je me réveillais en sueur, tantôt en pensant : les parents étaient fous de nous laisser courir tant de risques, des inconscients ; et tantôt en pensant : quels parents magnifiques nous avions, capables d'accepter ces risques pour nous permettre de grandir. Toujours est-il que nous sommes arrivés au Dôme vers les neuf heures trente. Je craignais la fonte de la neige, qui rendrait la traversée en sens inverse plus dangereuse encore. Je proposai donc à Lorenzo de redescendre tout de suite, et de prendre du repos en dessous de la rimaye. Ce que nous fîmes. Et ensuite nous dévalâmes les champs de neige avec une allégresse de noceurs. En descendant cette interminable zone pierreuse entre les deux refuges, Lorenzo me dit : Je ne comprends pas pourquoi ma mère semblait si inquiète de me voir partir ; mes parents sont téméraires et même imprudents ; ils appartiennent à un club d'aviation et je les soupçonne de faire n'importe quoi. Il s'arrêta une seconde et tourna vers moi son visage interrogateur. Je profitai de la pause pour essuyer mes lunettes de soleil. Sans doute tient-elle davantage à toi qu'à elle-même, dis-je.

Les parents de Lorenzo nous attendaient sur la terrasse du restaurant au Pré de Madame Carle. Une fois dans la vallée, son père nous emmena au magasin de sport et nous demanda de choisir chacun un piolet, il désirait nous en faire cadeau en souvenir de cette saison. Je n'avais pas de piolet, j'empruntais celui de mon oncle Bertrand, et on en louait un pour Lorenzo. C'était un objet onéreux. Nous avons opté pour le Charley Moser au manche de bois, accompagné d'une protection en cuir clair pour la pointe. Quand j'arrivai chez moi, exhibant avec fierté l'objet merveilleux, mon père bougonna : Je n'aime pas recevoir de cadeaux des gens riches. Mais je protestai : Il dit que c'est un remerciement pour le guide. Mon père eut un geste d'acquiescement : Alors, comme ça, c'est juste.

Je le sus plus tard par hasard, Lorenzo appartenait à l'une de ces familles romaines dont l'âge se compte davantage en millénaires qu'en siècles. Mais lui ne m'en parla jamais. Ses parents habitaient un appartement au dernier étage près du Panthéon, nanti de deux terrasses en enfilade, encombrées de citronniers en pots. Tout l'hiver, ils vivaient sur les terrasses, une bouteille de vin fruité posée sur les piles de livres. Pour les vacances scolaires, ils allaient dans leur petite maison au milieu des vignes en Toscane. Vois-tu, Chris, la vie là-bas est trop tendre et la beauté nous endort. Cette douceur nous persuade sans cesse que nous sommes des demi-dieux. Il me décrivit Rome comme un lieu désuet et enchanté, plus proche du passé que du présent, mais d'un passé idéal. Dans les ruelles rouges, disait-il, on peut rencontrer un empereur, une louve ou un saint. Assez loin de leur quartier, ses parents avaient élu comme paroisse Santa Maria del Popolo, où l'on allait chaque dimanche. Et là... Lorenzo me racontait inlassablement les détails des deux Caravage, surtout celui de la conversion de Paul. L'idée de conversion le subjuguait. Et peut-on se convertir à un art, à un amour ? Et d'ailleurs, toi, en quoi crois-tu ? Je lui dis que j'étais protestant. Il fut surpris. Déçu, peut-être. Il me demanda pourquoi – comme s'il devait y avoir une explication, c'est une tradition de famille, dis-je en haussant les épaules. Il me dévisageait dérouté. Tu n'as jamais vu de protestant ? demandai-je en riant.

Aussi, peu de temps après, un soir avant de nous séparer pour le dîner, je lui annonçai que le lendemain j'allais lui montrer pourquoi j'étais protestant. Et où ça ? Dans la montagne, assez loin. Faut-il aller dans la montagne pour savoir pourquoi tu es protestant ? demanda-t-il étonné. Oui, oui, il le fallait. Il plissa les yeux : J'adore les surprises ! Nous étions dans cette ruelle entre sa maison et la mienne. Alors lui dis-je, à demain matin, six heures, devant la mobylette.

J'avais une mobylette usée, bien utile pour les trajets d'approche. Nous sommes donc partis à l'aurore, et comme je descendais à l'Argentière, il me soufflait dans le cou pour me demander ce que nous faisions là, dans la vallée d'en bas, il ne comprenait pas où nous allions. Puis, devant mon mutisme obstiné, il cessa d'interroger, et me suivit calmement jusqu'au bout.

Nous avons traversé la vallée de Freissinières endormie, puis j'ai garé mon engin au parking d'en haut. Le soleil nous tomba dessus au moment où nous arrivions à la grande cascade. Paysage abrupt. C'est seulement plusieurs heures après, une fois arrivé à proximité du premier lac, que je me décidai à raconter. Lorenzo, à son habitude, ne parlait pas et marchait derrière moi paisiblement. Plusieurs fois j'avais voulu commencer, notamment quand les hauteurs du village étaient apparues à la fourche du sentier, et puis j'avais repoussé le moment. Cette histoire était mienne comme un secret d'amour. Et comme il arrive toujours, je craignais la moquerie ou l'indifférence.

Mes ancêtres, expliquai-je à Lorenzo, étaient de simples agriculteurs sur cette terre aride, et parfois ils occupaient quelque fonction municipale. Toute l'épopée tragique vient de ce que, dès l'origine et par familles entières, ils ont suivi ce réformateur épique, Valdo, et ne l'ont jamais quitté. Valdo, l'un des précurseurs de l'Église réformée, avait été chassé de Lyon et avait diffusé son enseignement dans les hautes vallées glaciaires du sud de la France. Il récusait l'Église pour ses multiples corruptions, et fondait son enseignement sur la Bible. Aussi, dès le début au XIIe siècle, ils ont été persécutés. L'Église utilisait pour cela le bras séculier, et c'étaient des soldats du roi qui venaient chercher les hérétiques. Alors certains se sont réfugiés dans ce village, Dormillouse, très haut perché sur un verrou glaciaire, et pratiquement inexpugnable. Impossible pour les charrettes d'arriver là-haut, d'où l'on pouvait surveiller toute la vallée de Freissinières. Il faut imaginer les hivers. Les croisades avaient lieu à intervalles irréguliers, pendant tous ces siècles, quand il prenait l'envie à un inquisiteur d'enfin nettoyer la région des hérésies. C'est celle de 1488 qui emplissait ma mémoire, parce que je connaissais au détail près mes ancêtres héroïques de cette année-là, dont plusieurs étaient baillis ou consuls. Le grand inquisiteur, nommé par le pape Innocent VIII, a lancé son armée de croisés aux cris de « Dieu le veut ». Les Vaudois étaient nombreux dans ces vallées, et comprenant le danger ils se sont enfuis partout, cherchant des cachettes. Ceux d'Ailefroide ont été asphyxiés, hommes femmes et enfants, par les soldats dans la grotte Chapelue où ils s'étaient réfugiés.

Le lac était là. Je m'arrêtai dans la montée, et me retournai vers Lorenzo. Il posa sur moi un regard sombre et souffla : Je savais bien que nous nous sommes comportés dans le passé comme des terroristes, mais j'ignorais cette histoire-là – et alors, ceux de Dormillouse, ont-ils été sauvés ? Je poursuivis.

Beaucoup ont couru à Dormillouse et sont montés vers les lacs, là où nous sommes exactement. On a envoyé dans les falaises glaciaires un millier de soldats qui portaient l'habit des croisés. Les Vaudois connaissaient les passages et les cachettes, mais ils étaient nombreux, encombrés de familles. La neige du printemps était abondante et molle. Tu vois cette sorte de grande rampe herbeuse, qui va d'une falaise à l'autre ? Mes ancêtres sont passés par là, grimpant avec peine dans les flaques de neige fondue. Il fallait porter les enfants, et les femmes peinaient, beaucoup étaient enceintes, ces gens faisaient un grand nombre d'enfants pour en garder quelques-uns – ici plus qu'ailleurs, en raison du froid et de l'isolement, les enfants étaient comme les espèces de Darwin, presque mortes avant même de vivre. Seuls ont survécu ceux qui sont montés au plus haut. Les soldats ont fini par arriver, ont tué les uns et fait prisonniers les autres. Ayant perdu une partie de leur famille, mes ancêtres ont été emmenés à Saint-Crépin où on leur a offert la vie en échange de l'abjuration. Rares sont ceux qui ont abjuré. Deux cent trente ont été emmenés au bûcher, dont cinq de mes ancêtres, brûlés vifs sur le parvis de l'église. Pendant les siècles suivants, les dieux n'ont pas cessé d'avoir soif. L'affaire de 1488 s'est reproduite plusieurs fois. Certains s'exilaient pour y échapper. Les autres ont rejoint finalement l'Église réformée.

Mon père nourrissait, dis-je à Lorenzo, à l'égard de ces ancêtres homériques, une admiration débordante et pleine de tendresse. Ils appartenaient à sa vie au même titre que ses cousins germains et on n'aurait pas été étonné de le voir leur préparer une chambre pour la nuit. Il en parlait comme s'ils venaient à l'instant de franchir le seuil de notre porte. Bien sûr, il les connaissait tous par leur nom, leur prénom et parfois leur sobriquet. Il n'en parlait pas pour les plaindre ni ne les considérait comme des victimes, mais en avait fait des figures tutélaires, des modèles pour la vertu et la foi. À force de récits ancrés dans les lieux et les paysages, ces ancêtres cinq fois séculaires étaient devenus pour moi des grands frères. Je les décrivis à Lorenzo avec leurs noms bien sûr, mais aussi leurs habitudes et même leurs petites marottes. Ils prenaient chair. On les apercevait soudain sur ce sentier, là exactement, vêtus de hardes sommaires, en train de chercher des simples au-dessus du village pour quelque malade, ou bien assis près de leurs moutons, les yeux perdus. C'étaient des gens vertueux et pauvres. Ils ne possédaient comme livre que la Bible.

En descendant vers Dormillouse, marchant devant pour pouvoir lui indiquer les lieux de la main, j'avais l'impression de mener Lorenzo sur les chemins de ma propre vie.

Nous avions soif et nous nous sommes assis dans l'herbe pour sortir la gourde. Le village s'étendait sous nos yeux en contrebas, paisible. Le torrent dévalait entre les mélèzes dans un petit bois ombreux. Tu vois, dis-je, ce bâtiment au milieu des maisons : c'est le temple. Lorenzo pensait à cette scène de bûcher sur le parvis d'église. Il doit falloir être bien sûr de soi, murmura-t-il, pour endurer volontairement un pareil supplice. J'avais beaucoup, beaucoup pensé à cela, parce que ces ancêtres brisés étaient mes amis, et je rétorquai que non, c'était tout le contraire : on ne meurt que pour une incertitude – parce que là il faut mettre sa vie dans la balance ; tu ne vas pas mourir pour *deux et deux font quatre*, qui n'a pas besoin de ton témoignage. Lorenzo me regarda d'abord avec stupeur, puis il continua d'argumenter sur le thème du martyr. La discussion semblait surréaliste au milieu de ces prairies paradisiaques, saturées de bourdonnements d'insectes. Poursuivant le débat en marchant, nous sommes arrivés au village. Après la visite du temple, nous nous sommes installés sous la tonnelle de l'auberge, qui servait aussi de refuge, et avons déballé le déjeuner. Tu vois, dis-je, mes ancêtres parlaient à peine le français, plutôt des patois ténébreux. Mais ils avaient deux patries : le Livre, et puis la montagne avec la neige-sanctuaire et le vol de l'aigle et les cachettes dans les grottes et le vacarme assourdissant du torrent qui dévale et les falaises inabordables et les prairies d'hysope en été et les agneaux nouveau-nés de la Toussaint et l'arc-en-ciel derrière les chutes et l'avalanche d'hiver et les chutes de séracs au cœur de juillet et les champs de pierres et le chamois sur l'éboulis et la moraine désertique. Voilà l'histoire.

J'ai quitté déçu le Logis des choucas et suis monté au Pré de Madame Carle. Une fois la voiture garée, j'ai fermé mon sac et ajusté le matériel pour une montée rapide et sans interruption, et je suis parti à petites foulées dans le sentier qui mène aux refuges. Le grand alpiniste Louis Lachenal disait qu'il y avait un moyen de se débarrasser des marches d'approches : les faire en courant. Dans mon entourage, nous avions tous joué au plus rapide pour accomplir ces parcours fastidieux et trop connus, mais dont il fallait bien s'acquitter pour accéder aux parois intéressantes. J'étais alors capable de monter au refuge du glacier Blanc en quarante-cinq minutes, soit la moitié du temps requis. Je n'ai pas vu passer l'embranchement du sentier du glacier Noir, et je suis monté comme un fou. Qu'est-ce que Lorenzo avait bien pu fabriquer ? J'ai projeté d'enquêter d'abord dans le refuge, puis de monter le lendemain à Roche Émile Pic. Le glacier est apparu très vite. À cette époque déjà, on ne passait plus sur le dernier ressaut glaciaire pour parvenir au refuge, et j'ai croisé dans les défilés rocheux de nombreux promeneurs tardifs. Plus haut, avant le lac Tuckett, j'ai doublé un garçon de Vallouise qui montait très lentement, une bouteille de gaz sur le dos. Il arrivait souvent que de jeunes vacanciers fous de montagne, et désargentés, payent leurs nuitées de refuge en montant des denrées, services rémunérés à proportion du poids – on utilisait peu l'hélicoptère ; et c'est bien ce que faisaient la plupart des locataires du Logis des choucas. Une fois arrivé, aussitôt débarrassé de mes souliers et nanti des sabots de caoutchouc, j'ai cherché le gardien, Daniel B., camarade d'enfance et de lycée. Il se trouvait dans la cuisine, en train de confectionner une omelette. La seule chose qui ne manque jamais là-haut, ce sont les œufs. On se demande comment ils arrivent entiers en quantité pareille. Daniel venait d'en casser une douzaine et il ajoutait un peu de crème au mélange qu'il battait méthodiquement. Encore toi ? s'exclama-t-il en riant, et à ce moment je me suis souvenu que j'avais déjà dormi ici la veille au soir, et que j'avais quitté les lieux à quatre heures ce matin. Et la traversée s'est bien passée ? ajouta-t-il, car il m'avait vu partir avec un client plus très jeune. Quelques heures auparavant, mon client avait dévissé dans la descente du glacier Séguret Forant, je l'avais arrêté sans peine mais, effrayé par cette chute il semblait ne plus pouvoir redescendre ; j'avais dû user de toute ma persuasion et le griser un peu avec mon rhum de secours. Une histoire sans importance. J'avais pensé à Lorenzo toute la journée et le reste était passé comme derrière un nuage. Oui, tout va bien, dis-je, là maintenant je ne travaille pas, je suis remonté parce que je cherche Lorenzo : tu l'as vu ? Daniel saisit le ton inquiet de ma voix et leva le nez de son saladier. Il éteignit le gaz, posa la fourchette et m'emmena dans la salle. Il me dit qu'il n'avait pas vu Lorenzo depuis une semaine, ou un peu plus – mais ce serait facile à préciser en regardant les registres, ce qu'il fit aussitôt : depuis dix jours exactement. Mais il vient souvent ici, ajouta-t-il, et parfois il reste deux ou trois jours. Les après-midi, après la course, il s'installe là : Daniel désigna la grande table qui se trouve dans un coin, face au Pelvoux. Il lit et il écrit. Il dit qu'il redescend dans la vallée pour la douche, que sinon il resterait bien encore. Daniel rit. Le seul point d'eau accessible à tous est le robinet dehors, pour plusieurs jours c'est un peu spartiate. Je savais bien tout cela. J'ai regardé désespéré en direction de cette table, où il aurait dû se trouver, où je m'étais attendu à le trouver, son livre et son crayon à la main. Où est-il alors ? ai-je murmuré comme s'il n'y avait désormais pas d'autre réponse. Daniel a tenté de me rassurer en inventant des *scenarii* qui n'auraient pas convaincu un enfant. Je lui ai demandé si on n'avait signalé aucun accident. Mais non.

Daniel me regardait d'un drôle d'air. Mon amitié avec Lorenzo était considérée ici comme d'espèce inconnue. Quand je parlais de lui aux uns ou aux autres, on me répondait *Ah oui, l'écrivain*, avec un air de rire, un air de dire : l'histrion, celui qui fait des momeries… Je comprenais qu'il y avait là une forme d'admiration qui, ne sachant ou ne voulant se dire, s'exprimait en ricanement. La journée m'avait épuisé. J'ai demandé une part d'omelette pour souper et je suis allé au petit dortoir, le plus confortable, en demandant à Daniel de me réveiller pour quatre heures. Dans mon sommeil agité je pensais : Roche Émile Pic ! Roche Émile Pic ! c'est là qu'il faut aller.

L'année de nos seize ans, nous avons cherché l'excès dans le risque. Ni l'un ni l'autre nous n'étions susceptibles ni capables de toucher une drogue, ou de fréquenter des groupes de jeunes malfrats, ou de courir les bordels, ou de nous adonner à la violence. De deux manières différentes, nous avions reçu une éducation puritaine. Lorenzo par le catholicisme aristocratique de sa famille, et moi par le solide bon sens, vaguement huguenot, de mes parents paysans. On nous avait appris d'un côté comme de l'autre à révérer trois choses sacrées : notre mère, notre patrie, et Dieu. Et, par extension, à nous abstenir en toutes circonstances d'injurier la mère d'un autre, la patrie d'un autre, le Dieu d'un autre. Pourtant, la jeunesse est l'âge des transgressions, et ne se connaît elle-même qu'en narguant les limites. Nous avons donc testé notre audace en montagne, terrain connu, où les risques prolifèrent, et où par-dessus le marché, personne ne nous surveillait. Cet été-là fut une bacchanale. Nous avons passé la presque totalité de nos nuits en refuge, montant chaque jour dans une direction différente, et essayant des itinéraires peu fréquentés, voire infréquentables. Aucune caillasse ne nous faisait peur. Nous montions par les voies de descente, et inversement. Ou bien nous faisions la course en pleine nuit, par une sorte de défi ou de volonté d'absolue solitude. Ces exploits, ou plutôt ces facéties, faillirent à plusieurs reprises nous coûter cher. Dans une voie improbable de Sialouze, je dévissai et me retrouvai en train de penduler en face de l'impuissance de Lorenzo. À notre grande honte, ce fut une cordée voisine qui dut dévier de sa route pour venir me chercher. Une autre fois, Lorenzo tomba dans une crevasse sur le glacier du Monêtier alors que nous faisions les idiots en descendant en ramasse. Il me fallut bien toute ma précaire expérience pour le tirer de là. Nous avons dévissé dans le glacier du Sélé et surtout dans le couloir Coolidge, où je perdis mon piolet et brisai ma montre, bien heureux de nous en tirer à si bon compte. Nous allions fureter dans les lieux négligés, parce que peu engageants, dangereux, ou mal répertoriés. Naturellement, nous ne disions rien à la maison, et personne ne nous suspectait : nous étions si sérieux par ailleurs, si honorables. Cet été-là fut le plus excitant et le plus brillant de tous. Rien n'était impossible. Nous nous pensions invulnérables et, pour tout dire, immortels. Nos jeunes forces ne connaissaient pas de limites. Nous passions d'un refuge à l'autre, nos sacs pleins de pain d'épices et d'oranges, et probablement sales comme des peignes. Quand nous arrivions dans un refuge, le patron nous offrait la soupe et l'omelette, parce que tout le monde nous connaissait et en échange de services de voisinage. Nous étions chez nous partout, et les dortoirs étouffants finissaient par nous servir de chambres. Que pensions-nous à cette époque ? Quelle idée avions-nous de l'avenir ? Et au fond, qui étions-nous ? Une passion partagée nous exhortait à user nos forces jusqu'à la corde, à narguer la prudence de nos pères et la sagesse commune. Cela dura six ou sept semaines, de bonheur plein et intense, qui passèrent comme un seul jour. Et il n'en resta rien, ni photo, ni journal. Plus tard nous n'avons jamais, entre nous, évoqué cette période, même si je savais bien qu'elle restait présente à notre esprit, par une allusion fugace au cours d'une conversation, une remarque, un sourire entendu si quelqu'un décrivait devant nous des péripéties analogues. C'était comme un sanctuaire gardé par nous seuls, et veillé à tour de rôle. Il s'agissait moins d'événements – en soi des équipées courantes, qui attirent chaque année des foules de grimpeurs, que d'aventures intérieures, de rencontres avec soi, de mises à l'épreuve fascinantes et inoubliables. Chacun de nous était le témoin, direct et muet, de l'entrée de l'autre dans l'âge adulte, à travers une succession de défis encore enfantins et lourds de sens. C'était comme si nous avions été soumis ensemble à un rite d'initiation, avec ses terreurs nocturnes, ses paris insensés et obligatoires, ses ordalies, ses angoisses et ses épuisements. Surmonter cette transition dangereuse signifiait accéder à une autre période de la vie. L'année d'après, nous sommes revenus, sans nous concerter, à nos anciennes habitudes de minutie et de prudence. Mais cette crise laissa des traces profondes. Nous savions ce que nous avions risqué – dans la vallée, deux ou trois personnes chaque année se tuaient en montagne, et la saison précédente un guide avait dévissé avec toute sa cordée, laissant cinq morts, dans la traversée de la Meije. Cette sortie d'enfance, vécue comme un pari, nous rendit pour toujours complices.

Pendant que je rêvais de devenir guide – j'aurais voulu, à cette époque, m'établir définitivement dans un refuge –, Lorenzo commençait à écrire. Cela ne se voyait pas. Cela se ressentait à une ferveur dissimulée mais que je sentais d'intuition – une exaltation de l'âme dont je ne parvenais pas à saisir les secrets. Il flottait autour de lui un je-ne-sais-quoi, peut-être une joie et peut-être un chagrin, invisible.

Une nuit, au refuge du glacier Blanc, je fus réveillé en sursaut par le ronflement d'un voisin de dortoir. Par la fenêtre, une lune épanouie éclairait les sommets, et les pointes du Pelvoux se dressaient derrière le ressac du glacier. Les nuits en haute montagne sont d'une immobilité glaçante. Pas un arbre pour accueillir le vent. On se croirait sur la lune. Je me rendis compte que Lorenzo ne dormait pas. Tenant sa lampe allumée sous la couverture, il écrivait sur ce calepin minuscule qui ne le quittait jamais. Je ne voyais pas son visage, caché par la couverture, mais seulement sa main armée du petit stylo, et j'entendais sa respiration d'enfant, rapide et saccadée. Je me demandai pourquoi il avait besoin d'écrire à ce moment, alors que nous disposions seulement de quelques heures de sommeil avec la perspective d'un lever à quatre heures et d'une journée fatigante. Je ne savais pas que les pensées, les images et les phrases sont des oiseaux nocturnes. Et qu'ils passent en bruissant des ailes et sans revenir – il faut les cueillir à la volée. Je restai un moment assis sur ma couchette dans ce dortoir malodorant, tantôt dévorant des yeux le paysage lunaire et tantôt contemplant avec circonspection la main de Lorenzo dans le halo de la petite lampe. Je ne le comprendrai jamais, pensai-je avec désespoir.

Nous étions réunis par la solitude et l'austérité. La montagne et l'écriture sont deux activités monacales. Lorenzo n'aimait rien tant que le silence. Son esprit était si peuplé qu'il semblait se suffire à soi-même – du moins était-ce ainsi que je comprenais les choses. Et j'étais si amoureux fou de la nature muette et sauvage, que la compagnie des humains me paraissait parfois une contrainte à éviter.

Déjà, je savais que je voulais être guide. L'examen était très difficile. Si j'échouais, je serais moniteur. Cela me plaisait aussi. Je n'étais pas si ambitieux. Lorenzo me le reprochait.

Un jour d'octobre, nous avions dix-neuf ans. Lorenzo était reparti à la fin août comme de coutume et, une fois la saison finie, j'avais repris mes entraînements. La difficulté consiste à intégrer l'École des guides, très sélective. Il me fallait présenter cinquante courses. J'avais fait figurer dans ma liste la traversée du Pelvoux, si classique et si belle, incontournable. Mais je devais connaître impeccablement le chemin de descente, et l'étude des topos de l'époque ne me suffisait pas. J'avais sollicité un ami plus averti que moi, et après la nuit au refuge Lemercier nous avions fait la traversée par une belle journée d'automne. Il n'y a pas chez nous de descente plus redoutable, très longue et dans un terrain raide, où l'on ne voit guère les à-pics prêts à surgir sous les pas. Il s'agit de connaître exactement la voie, comme un chauffeur de taxi dans une grande ville doit apprendre les rues et leurs sens interdits – ici, on se repère aux morceaux de paysage, aux rochers caractéristiques, au positionnement appris des grands précipices. Les connaisseurs dévalent en courant ces deux mille mètres de pentes. Mais j'étais là pour affermir ma mémoire, sous le regard de mon ami plus âgé, comme on récite une leçon, et je descendais devant, lentement, expliquant tout. Nous avions déjà perdu beaucoup de temps au sommet, où il avait fallu deux rappels, un dans le glacier des Violettes et un autre avant le névé Pélissier. La journée était interminable. Quand nous sommes arrivés à Ailefroide, il était déjà vingt heures et mon ami, qui avait garé sa voiture devant chez Giraud, me reconduisit à Vallouise et me déposa chez moi. J'étais ahuri de fatigue, je comptais juste boire un litre d'eau fraîche et aller me coucher fissa, en prenant seulement le temps d'enlever mes souliers. J'entrai et trouvai mes parents en train de dîner avec un hôte. Jamais mes parents n'invitaient personne à dîner, c'est une habitude urbaine, ici on offre facilement un verre mais on ne fait pas d'exhibition. Je n'étais pas revenu de ma surprise quand je vis qu'il s'agissait de Lorenzo, qui se leva pour me donner l'accolade. Toute ma fatigue disparut d'un coup – c'est étrange de constater comment nous sommes faits, si prompts à tomber ou à nous relever sur un signe du destin que notre corps pourtant ignore. Tout joyeux, j'acceptai avec enthousiasme les lentilles au lard que ma mère proposait de me réchauffer. Mon père me versa un verre de vin. Je regardai Lorenzo. Je ne lui avais jamais vu un pareil sourire, à la fois triomphant et affolé. Que faisait-il ici ? Il était reparti pour Rome quelques semaines auparavant, et on était en pleine rentrée universitaire. Je n'osais lui poser des questions devant mes parents, je pressentais qu'il y avait là quelque chose d'inédit, de grave peut-être. À la demande générale, je racontai ma course et décrivis les aléas de la descente. Mais tu connais le chemin, à présent ? demanda mon père avec inquiétude. Chaque fois que nous avions ce genre de conversation, je comprenais quelle fierté d'avenir je représentais pour eux, et ma responsabilité augmentait d'autant. Puis mes parents se levèrent avec leur discrétion habituelle, mon père posa sur la table une bouteille de prune et ma mère me glissa à l'oreille : Je lui ai préparé la chambre d'amis. Ainsi nous restâmes seuls, cette bouteille de gnôle entre nous deux. Je le sentais accablé. Que s'est-il passé ? demandai-je. Lorenzo devait à ce moment entrer en deuxième année de droit à La Sapienza de Rome. L'an dernier, il avait suivi la première année pour plaire à son père. Une seule fois, il avait parlé à son père de ses velléités d'écrivain, et celui-ci avait ri, comme d'une bonne blague : Dans la famille on cherche un métier, pas un passe-temps. Une année cauchemardesque. Il fallait apprendre par cœur chaque jour, et recracher par écrit, des kilomètres d'un sabir qui ne l'intéressait pas. Ses congénères étaient des fils de bonne famille, vêtus à la mode et sans aucune idée en poche. Jamais on n'aurait pu parler avec eux de littérature. Enfin, l'avenir était bouché, et le temps inutile tombait goutte à goutte, avec une lenteur mortelle. Peut-être pourrais-tu au moins terminer le droit, et ensuite tu aurais le champ libre ? J'avais l'habitude de négocier avec mes parents. Il faut dire que la situation n'était pas du tout la même. Mes parents n'avaient pas fait d'études comme moi, et ils n'auraient pas osé me donner des ordres dans ce domaine. Lorenzo ne comprenait pas cela. Il pensait que tous les pères de famille ressemblaient au sien, statues du Commandeur tout-puissant et respecté. Il soupira. Et après cinq ans de droit passés à m'ennuyer, il faudra que je m'inscrive au concours du barreau. Et ensuite, que j'entre dans un cabinet. Non : jamais rien ne sera suffisant. La semaine dernière, j'ai pris mon courage à deux mains et je lui ai annoncé, sans lui demander son avis, que j'avais décidé d'arrêter le droit et de devenir écrivain. Cela s'est très mal passé. Il m'a servi une sorte de colère sourde, toute colorée de mépris, et c'est ce mépris qui m'a fait le plus mal. À l'entendre, on aurait dit que je m'adonnais à des activités criminelles. Il m'a dit qu'il ne nourrirait pas un vaurien. J'ai rempli mon sac et je suis allé à la gare de Termini. Voilà.

Entendant trembler sa voix je compris à quel point il était affecté par cette querelle. Il respectait son père et il l'admirait, d'une certaine manière. Il se tourna vers moi : et tes entraînements ? tu es heureux, au moins ? tu ne fais pas cela pour faire plaisir à tes parents ? ce serait un mauvais plan, tu sais… Il savait que j'avais toujours été en tête de classe, et que j'aurais pu faire des études classiques. Il se projetait sur moi. Il cherchait à me protéger d'une contrainte dont je n'aurais pas eu conscience. Je t'assure, dis-je : c'est cela que j'aime, et puis… je n'aurais pas voulu rompre avec le milieu de mes parents. Il me dévisagea pensivement, comme si j'avais dit là une chose inquiétante : Je te comprends, dit-il : ce doit être difficile de décrocher, de perdre son monde. Je compris alors qu'il craignait de décevoir son père, de ne pas se trouver à sa hauteur. Une telle situation ne m'avait jamais effleuré l'esprit, pour moi je ne pouvais que « monter », mais je ne le voulais pas. L'année du baccalauréat avait été pour moi pleine de succès, et le directeur du lycée avait convoqué mes parents pour les convaincre de m'envoyer dans une prépa, où les portes m'étaient ouvertes. Il parlait de gâchis, ce qui mit mon père en colère. Tu serais pourtant fier, murmurait ma mère, s'il faisait de grandes études. Non ! mon père était fier de son métier et ne voulait pas entendre parler de gâchis. Le directeur avait dit : Tu pourras être guide en plus. Mais cet « en plus » ne me plaisait pas. Il faut se vouer aux choses qu'on aime. J'avais refusé d'entrer en prépa et m'étais inscrit pour la préparation à l'École de ski et d'alpinisme. Je faisais des allées et venues entre Chamonix et Vallouise. Lorenzo m'avait dit : Ne regrette rien ; les livres, tu les connaîtras par moi ; je te les apporterai.

Qu'allons-nous faire ? dis-je pensivement. Il fut touché de ce *nous*. Il voyait bien que je craignais de ne pas répondre avec assez d'attention et d'efficacité à la fois, à son appel de détresse. Il attendait tout de moi en débarquant au village un soir d'automne, les poches vides et seul au monde. Il comprit mon embarras et m'assura que tout irait bien. Il lui fallait juste rester là une année, le temps que les choses se calment à la maison. Il allait écrire son premier roman. Il attendait que je l'aide à trouver un petit travail, même de rien du tout, et un logement sommaire. Avec un lit et une table. Il était arrivé avec très peu d'argent – dans son désarroi il s'était trompé de train, il avait dû payer plusieurs billets, et même une nuit d'hôtel. Mais il avait un contrat d'amateur avec un journal romain qui lui payait un article chaque quinzaine, au tarif d'un pigiste débutant. Ainsi, tout allait bien. Dans quelques jours, quand il serait un peu installé, il enverrait un mot à son père afin de calmer les inquiétudes.

La France n'était pas encore à l'époque épuisée par un chômage endémique. Ici et là on trouvait du travail, et Lorenzo était bricoleur, talent que son grand-père lui avait transmis dans le village d'enfance, en Toscane. Je savais que le menuisier cherchait un employé. Nous sommes donc allés aussitôt chez lui. Le vieux Ravier vivait et travaillait à quelques jets de pierre, et je le connaissais depuis toujours. Il avait passé sa vie dans cet atelier minuscule et dérisoire. Menuisier d'abord, Ravier était devenu plutôt ébéniste, et il réparait amoureusement les vieux meubles que les antiquaires lui confiaient. Mais il recevait aussi les commandes d'un marchand de meubles moderne, pour fabriquer des chaises campagnardes « à l'ancienne » : ce travail-là, répétitif mais bien payé, l'ennuyait, et c'était pourquoi il avait besoin d'aide. L'atelier se trouvait dans le rez-de-chaussée voûté d'une ferme. Toujours couché et à moitié endormi au renfoncement de la cloison, un grand chien jaune, dont je n'étais jamais parvenu à identifier la race, répandait dans cet espace confiné une odeur pestilentielle. Nous entrâmes et Lorenzo enleva sa casquette.

– Je crois que vous cherchez un employé, dis-je, après l'avoir salué, à Ravier qui, assis à son établi, nous tournait le dos.

– C'est exact.

– J'en ai trouvé un.

– Ahah ! dit Ravier avec un brin de mépris, et où est-il ?

– Il est là, je viens vous le présenter.

Il se tourna à demi et aperçut Lorenzo son chapeau à la main, et à ce moment je vis Lorenzo comme il le voyait : un garçon dégingandé et fragile, incertain de lui-même, avec un regard fiévreux. Il ne va pas l'embaucher, pensai-je. Il cherche un menuisier, pas un oiseleur. Ravier se leva et s'approcha, puis d'un grand geste du bras il désigna son atelier, comme s'il s'agissait d'un royaume immense. Sur un ton bourru, il expliqua qu'il cherchait un simple menuisier pour les choses faciles, ces chaises, là, qu'il fallait fabriquer presque en série, une lubie des gens, la « chaise campagnarde ». Il haussa les épaules en prononçant ces mots et alluma une cigarette déjà à moitié fumée, qu'il avait tirée de sa poche. L'odeur du chien était abominable. Ça ne marchera jamais, pensais-je.

Lorenzo s'approcha du coin où se fabriquaient les chaises, en saisit une et l'examina de partout.

– Je peux faire ça, dit-il pensivement.

Le vieux s'approcha avec curiosité.

– Tu l'as déjà fait ?

– Oui, quelque chose d'approchant, dans un village en Italie.

Du coup, le vieux l'examina avec une sorte de respect, et aussitôt, craignant de se laisser aller à l'indulgence, reprit durement : Je veux bien te prendre une semaine à l'essai. Si tu travailles bien, je te garde. Mais pas d'ébénisterie, hein ? seulement les chaises. Mi-temps, cela suffira – comme je l'ai dit sur la pancarte. Pour le salaire, je te préviens que je déclare tout. Et il annonça un salaire bas mais décent, qui devait permettre à Lorenzo de payer son loyer, sa nourriture courante et l'encre de son stylo.

– Cela me va très bien, acquiesça Lorenzo. Et pour les horaires ?

Le vieux le regarda de cet air soupçonneux et un peu dédaigneux qui signifiait, à son âge c'est un jean-foutre, et dit :

– Tu dors toute la matinée, pas vrai ?

– Oui, mentit Lorenzo, qui aimait écrire aux premières heures du jour, quand l'esprit est lucide et affamé.

– Alors viens demain à 13 heures, nous mettrons tout ça en place.

C'est ainsi qu'il commença sa carrière d'écrivain.

Trouver une chambre fut plus difficile, et il me fallut quelques jours. Je pensai d'abord à la maison de la veuve Chamard, de famille illustre, qui vivait seule au milieu de ses souvenirs distingués, et louait parfois des chambres. Je lui rendis visite, auscultai les lieux qui me parurent sombres, étroits, et pour tout dire, malpropres. Par ailleurs la veuve semblait beaucoup s'ennuyer, et je craignais son indiscrétion. Son musée personnel débordait partout, même dans la chambre du locataire, et elle en revendiquait la protection avec une méticulosité qui me parut maladive. Je ne voyais pas Lorenzo dans cette brocante mondaine. J'allai chez l'épicier, homme riche et qui pour s'enrichir plus encore, louait des studios. Mais il était si agressif et pointilleux dans la discussion financière que je renonçai. Pendant ce temps, ma mère ne cessait de me répéter que nous devions garder Lorenzo à la maison, après tout nous avions une chambre d'ami. Mais cette solution ne me plaisait pas. Je me doutais qu'il préférait un logis à soi. Je devinais, avant de le comprendre tout à fait des années plus tard, que l'écriture se nourrit de solitude, et je n'avais pas l'intention de m'imposer. Finalement, la chance me sourit avec une chambre dans une grange à foin chez un éleveur, homme généreux et simple, qui désirait surtout que la place fut occupée par un honnête garçon. J'ai ce qu'il vous faut, lui dis-je, et le soir même j'y emmenai Lorenzo avec des draps et couvertures de chez nous, que ma mère n'avait pas manqué de proposer avant même que je lui en fisse la demande. Lorenzo fut heureux. Il avait là un espace petit mais lumineux, avec une table de bois clair et une chaise grinçante. Il me remercia avec effusion. Je te laisse, dis-je en riant : adonne-toi à tes activités criminelles !

Le lendemain je devais partir pour une semaine de stage de grimpe à Chamonix. Au retour, je courus chez Lorenzo pour lui demander comment était sa vie entre le chien du vieux Riquier et la chambre de la grange. Tout est parfait, dit-il. Tantôt j'ai l'impression d'avoir échappé par miracle à un accident mortel, et je savoure l'odeur de l'existence. Tantôt il me semble que mon père d'une façon ou de l'autre m'attend au tournant, et je me couche en pensant qu'on viendra me chercher pour m'arrêter à l'aube.

Deux ans plus tard, quand Lorenzo m'apporta son premier roman publié, je vis que l'histoire commençait là : chez l'ébéniste à tête de bois. Un garçon étranger, inconnu de tous, apparaissait un jour au village. Il arrivait au matin par la route de l'est, où le soleil montait tout mouillé. Une blessure à la jambe le faisait boiter. Il s'arrêtait devant le bachat où il étanchait sa soif, puis nettoyait sommairement sa blessure. Il marchait un peu dans les ruelles, lorgnant les devantures des deux boulangers mais sans entrer. Il avisait cette ferme à deux voûtes, sur la porte de laquelle pendait la demande pour un apprenti menuisier. Sous l'une des voûtes trônait un lobélia de toute beauté, aux fleurs d'un bleu si profond qu'elles auraient éclipsé la robe de la Vierge. Du moins c'est ce que pensait le garçon qui, attiré par le lobélia et par les voûtes et par l'annonce, entra dans l'atelier. Un grand chien jaune, allongé au sol et semblant presque mort, répandait une odeur affreuse. L'ébéniste était là, dans un coin, lui tournant le dos. Le garçon se présentait comme un bon menuisier, et le vieux alors lui demandait son nom, puisqu'il ne l'avait jamais vu dans les parages, et se méfiait de ces traîne-savates qui écument le monde. Un calendrier tout parsemé de sciure de bois était punaisé au mur, et indiquait le jour de la Saint-Guillaume. Le garçon disait qu'il s'appelait Saint-Guillaume. Le salaire était bas, et le vieux ne pouvait pas le loger. Mais je dormirai dans le cafouche, avec le chien, disait le garçon ; je ne pèserai pas. Et il ouvrait son sac, d'où il sortait une couverture si mince qu'elle n'aurait pas pu réchauffer même un nourrisson.

Ainsi probablement Lorenzo se voyait-il comme ce garçon étranger, que le village accueillait sans crainte.

Je fus bouleversé en lisant l'histoire du menuisier sous la plume de Lorenzo. Bien sûr, c'était l'histoire vraie, dont j'avais été témoin. Et pourtant, elle revêtait là une allure chimérique dont je ne pouvais m'expliquer la provenance. Elle apparaissait désormais comme un songe. D'ordinaire, nous aimerions tant que nos fictions deviennent réalité. Mais Lorenzo, lui, au contraire, s'emparait de la réalité et la transformait en fictions. Bien sûr, il était exact que ses parents vieillissants vivaient sur cette terrasse de Rome près du Panthéon, entourés de citronniers, lisant Dante et Shakespeare. Mais il avait une telle manière de les décrire qu'on aurait dit des personnages de roman. Et peut-être n'étaient-ils pas tout à fait réels.

Au refuge, Daniel n'avait pas eu besoin de me réveiller. Épuisé par les cauchemars et les obsessions, j'étais debout à trois heures, et préparai mon café en même temps que les départs pour le Dôme. Il fallait aller à Roche Émile Pic. Ce sommet auquel personne ne pense, on ne sait pas pourquoi, était un de nos lieux de prédilection, justement en raison de l'injuste oubli attaché à son nom. Et pourtant, il se tient juste à côté de Neige Cordier, un sommet nanti d'une réputation solide, tête d'affiche des dépliants touristiques et mascotte des alpinistes amateurs, nos clients. Les deux sommets sont à 3 600 mètres, juste séparés par le col Émile Pic, et aussi faciles l'un que l'autre, à condition de savoir à peu près tenir un piolet. L'année de nos quinze ans, nous avions fait les deux, Lorenzo et moi. Mais Roche Émile Pic avait toujours eu notre préférence, et nous l'avions souvent refait par la suite, fascinés par l'extrême solitude des lieux. On pouvait être sûr de ne rencontrer personne au sommet, en comparaison de Neige Cordier pour lequel il fallait parfois faire la queue dans les passages escarpés. J'étais sûr que Lorenzo s'y était rendu ces temps derniers, et comme il n'y avait certainement rencontré personne, on ne l'aurait pas secouru en cas de détresse.

Dès cinq heures et demie, je débouchai sur le glacier et m'assis sur un rocher pour éteindre ma lampe torche et chausser mes crampons, la neige était dure et je voulais aller vite. Rapidement, j'ai été rejoint par une cordée de trois, conduite par un de mes collègues. Il s'est arrêté près de moi et a dit à son client qu'il pouvait en profiter pour s'asseoir et enlever le caillou de son soulier – les guides ont coutume de traiter leurs clients comme des enfants apeurés, et en effet, c'est bien souvent ce qu'ils sont. Puis il m'a demandé ce que je faisais là, tout seul. On ne voit pas ce que peut fabriquer là un guide sans clients en pleine saison. Je lui ai dit que je cherchais Lorenzo. Il m'a regardé intrigué. Il a fait un geste large en désignant autour de nous le paysage lunaire, spectral, immense, plongé dans une nuit mourante où le jour perçait faiblement – il y avait au sommet de la Barre des Écrins une vague lueur presque rose, et il a dit avec un air de se moquer de moi : C'est grand, ici ! Son ironie m'a vexé. Je savais bien que c'était grand. Je lui ai souhaité bonne chance, et je suis parti dans la pente.

Tandis que je montais à vive allure dans la neige dure vers le col Émile Pic, j'ai senti peu à peu l'aube qui chassait l'obscurité. Sans même prendre le temps de m'arrêter pour regarder autour de moi le cirque glaciaire qui se parait d'une blancheur laiteuse et les sommets illuminés de rose, je le savais à la couleur de la neige devant moi, et à cet aspect de l'air soudain éclairé de l'intérieur. J'aimais ce moment plus que tout, et c'est pour cette raison que j'avais éteint ma lampe frontale avant la fuite de la nuit, pour participer tout à fait à la naissance de la lumière. C'est aussi le moment, au petit matin, après deux ou trois heures de montée régulière, où l'on se sent si invincible, si sûr de soi. Je croyais être seul mais bientôt j'ai aperçu deux cordées qui, venant du refuge Caron, montaient aussi vers le col Émile Pic. Sûrement pour aller à Neige Cordier. Je suis arrivé au col bien avant eux, et là j'ai pris un petit-déjeuner, à l'abri du vent. Puis je suis monté sur la gauche vers Roche Émile Pic. La neige y était tout à fait vierge. Aucune trace de passage, pas de marques de souliers dans un sens ou dans l'autre. Bien sûr, les orages bouleversent tout, et il avait pu neiger depuis le passage hypothétique de Lorenzo. Mais un glacier d'été n'est pas un champ de neige d'hiver. Tout y est plus compact, la neige toujours proche de la glace, et on y marque sa présence pour longtemps. En dessous du sommet, des choucas voletaient près d'un creux de roche, preuve de l'abandon des lieux. J'ai pris soin de ne pas les déranger, et me suis installé pour réfléchir à une dizaine de mètres de leur tanière, en les observant du coin de l'œil. Je ne saurais dire à quel point la présence de ces oiseaux m'a réconforté. Le lieu était sinistre, le vent sibérien, un mauvais nuage venait du sud. Juste le contraire de ce jour au ciel bleu de Prusse, quand nous étions là pour la première fois. Lorenzo avait avisé des entonnoirs de neige lisse, vaste comme des marmites et probablement creusés par le vent, et avait décrété que c'étaient là les pas de l'abominable homme des neiges. Je m'en souvenais encore. Dans mon désarroi, je regardais les oiseaux sans en avoir l'air. Au milieu de ce paysage dénudé et sans espoir, leur présence signifiait quelque chose. Je n'avais plus de projet. Tout avait été anéanti par l'atmosphère de désolation qui régnait ici. Pourtant, j'ai crapahuté pendant une heure autour du sommet, j'ai même installé une corde d'assurance pour pouvoir me pencher à mon aise du côté du glacier des Agneaux. Mais j'ai bien dû me rendre à l'évidence : personne n'était venu là depuis des semaines, et Lorenzo pas plus qu'un autre. Je suis revenu sur mes pas et j'ai croisé les deux cordées. L'une était conduite par un de mes collègues, que j'ai salué en passant. Ses clients semblaient transis de froid, et lui, pressé. Il jeta ses ouailles dans la descente et me fit un signe de la main. L'autre cordée était composée de trois jeunes gens apparemment aguerris, qui m'ont proposé aussitôt une gorgée de rhum. J'en ai profité pour leur parler : Beaucoup de traces, là-haut ? Ils ont ri. Vous connaissez Neige Cordier ! Plus touristique que Saint-Tropez ! Je me suis demandé pourquoi j'avais posé cette question idiote. Je ne savais plus ce que je faisais. Je suis parti dans la pente, vers le refuge Caron.

Après un an chez le menuisier, Lorenzo rentra à Rome avec son premier roman. Son père n'avait pas changé d'avis sur le peu d'honorabilité des écrivains. Ou plutôt, il s'était empressé d'ajouter : Il faut alors être le meilleur – comme si la première place compensait l'infériorité du métier. Je crois surtout qu'il n'osait pas se dédire, et qu'il cherchait des raisons d'accepter le destin sans perdre la face. Toujours est-il qu'ils se réconcilièrent. Les quelques émoluments de journalisme permettaient à Lorenzo de demeurer à Rome tout en quittant l'appartement familial. Son roman trouva rapidement un éditeur, et son père s'empressa de décrire l'éditeur en question comme un bandit de grand chemin. Le roman ne se vendit pas, et son père devint sardonique.

Les parents de Lorenzo étaient merveilleusement courtois et attentionnés, mais froids. Jamais je n'aurais trouvé chez eux la douceur et la tendresse de ma mère, la chaleur naïve dont mon père était capable malgré sa brusquerie. La vérité m'oblige à dire que Lorenzo les respectait sans beaucoup les aimer. Les enfants d'un couple fusionnel se sentent toujours écartés. Ils savent obscurément qu'ils ont été conçus comme témoins de l'amour et non comme projets de l'amour. Car ici, l'amour est son propre projet. Lorenzo jugeait son père égoïste et brutal, seulement occupé de ranger les autres à sa volonté. Il nourrissait pour sa mère une sorte d'amitié lointaine. Elle ne le comprenait pas. Pire, elle ne cherchait même pas à le comprendre. Mais au moins, elle le laissait tranquille. Et pendant toute sa courte vie, Lorenzo réclamait essentiellement une chose : qu'on le laissât tranquille.

Cette histoire familiale compliquée allait se terminer tragiquement. Deux étés plus tard, un soir de novembre, alors que je préparais la saison d'hiver, Lorenzo me téléphona pour m'annoncer que ses parents avaient été tués dans un accident d'avion. L'ULM qu'ils pilotaient à tour de rôle, en survolant Ostie, s'était écrasé sans raison apparente, en dépit de l'expérience qu'ils en avaient et de leurs longues heures de vol. Il est vrai, ajouta Lorenzo pensivement, qu'ils sont téméraires, et même, parfois imprudents. En entendant sa voix pressée, et presque atone, je compris qu'il n'avait pas encore pris conscience de l'événement. Il hésitait à parler d'eux au passé. Ou plutôt, il en parlait tantôt au passé et tantôt au présent. Il se trouvait, clairement, dans cet entre-deux où l'abîme à portée de main se dérobe encore. Il n'osait pas ouvrir la porte au chagrin, et se protégeait par une sorte d'illusion grammaticale. Cela me fit peur. Lorenzo avait alors vingt-cinq ans, et ses attentes littéraires commençaient à se réaliser. La nouvelle était terrible, évidemment. Mais il y avait quelque chose d'autre, qui m'échappait. Je lui dis que j'allais prendre le premier avion à Turin, et que j'arriverais le lendemain. Mais aussitôt j'entendis dans l'appareil un silence évocateur de malaise. Peut-être se demandait-il quel embarras ce serait, en de pareilles circonstances, de recevoir un sauvage tel que moi, ignorant tout des villes étrangères et des villes en général, des hôtels, des taxis et du reste. Peut-être désirait-il rester en famille ou peut-être sa famille était-elle snob ou peut-être voulait-il cacher une femme dont j'ignorais l'existence ou bien… Finalement j'entendis sa voix comme un souffle : Non, Chris, il ne vaut mieux pas, je n'ai pas encore été reconnaître les corps, et puis… je t'en parlerai. Il raccrocha et me laissa perplexe. Chez nous, le téléphone trônait dans l'entrée, et les conversations se déroulaient devant témoin. Ma mère se trouvait dans la cuisine en train de confectionner des pâtes de coings. Elle surgit avec son tablier. Elle m'avait entendu, et je lui racontai les détails. Cette femme simple était dotée d'un discernement sans limites. Elle me regarda et dit : Bien sûr, Lorenzo est très malheureux d'avoir perdu ses parents, mais le souci l'emporte sur le chagrin – il est tellement angoissé pour Raffaele, il craint de ne pas pouvoir porter cette charge, oui, que va-t-il devenir, Raffaele ?

Et en effet. Aussitôt après les funérailles, Lorenzo vit arriver chez lui son frère qui venait d'arrêter ses études et ne souhaitait pas chercher du travail. Lorenzo avait repris l'appartement du Panthéon, il s'occupa de lui au début sans poser de questions, et Raffaele passa des mois à lire vaguement sur les terrasses, assis entre les citronniers qui résistaient aux doux hivers de Rome. Quand Lorenzo se décida à lui parler de son avenir, il était trop tard – du moins c'est ainsi qu'il comprenait les choses, et il se reprochait sa propre réserve, qu'il traduisait en pusillanimité. Il découvrit alors chez son frère une sorte de fermeture terrible, un blocage véhément et radical contre lequel il ne pouvait rien. Naturellement, Raffaele était malade. Cet asthme d'enfance avait convaincu ses parents de s'installer dans notre vallée pour toutes leurs vacances, délaissant la maison de Toscane. Mais enfin, cette maladie n'expliquait pas tout, si elle servait de cuirasse, de prétexte, et même de faire-valoir. La situation traîna ainsi pendant environ un an. L'état d'esprit de Lorenzo fluctuait avec la régularité des marées. Tantôt il tentait de le comprendre, lui parlait jusque tard dans la nuit, lui préparait des pâtes et visitait avec lui quelque musée pour l'empêcher de tourner en rond. Tantôt il n'en pouvait plus, lui reprochait sa paresse et menaçait de le chasser. Cependant, il n'avait aucune raison de refuser d'entretenir son frère. Leurs parents avaient laissé quelques biens, et d'ailleurs l'appartement du Panthéon leur appartenait à tous. Pourtant, cette présence permanente, cette apathie, et aussi cet air goguenard qu'avait Raffaele en le voyant écrire du matin au soir, avaient de quoi alimenter chaque jour sa fureur. Car Raffaele se moquait de lui, et c'était sans doute ce qui le contrariait le plus. Il moquait ses amis qui passaient prendre un apéritif pour discuter d'un livre ou d'un autre, il moquait ses vêtements à la mode et sa passion géographique et ses feuillets épars dans la chambre et cette fille ressemblant à une petite amie qu'il avait aperçue un jour et son obsession du Caravage et ses conversations sur l'existence de l'âme et même sa façon de faire cuire les pâtes.

Il y a des gens qui vivent ce genre de situation pendant des années, et même pendant toute leur vie. Un être actif, qui a de l'ambition, qui a du goût pour le travail, ne saurait comprendre l'inertie d'un paresseux sans projet, tout juste capable de se traîner d'une chaise à l'autre, de surcroît en ricanant. La plupart du temps il le prend pour un fou ou pour un débile. Mais il s'agissait de son frère. Et puis la disparition des parents laissait une inquiétude chez Lorenzo, qui avait un sens aigu du devoir, de la famille, et de la faute. Aussi supportait-il tout, avec des accès de colère qu'il me transmettait au téléphone, comme pour se décharger. Pauvre Raffaele finira mal, soufflait ma mère.

Pendant cette première année après la mort de leurs parents, la sœur de Lorenzo, Giulia, annonça ses fiançailles et son mariage prochain. Optimiste et lumineuse, la jeune femme venait de terminer son droit et de passer le concours du barreau. Lorenzo entreprit de faire scrupuleusement tout ce que ses parents auraient fait en de telles circonstances. Il enfila presque des gants beurre frais pour aller rendre visite à la belle-famille, s'occupa des mille détails de la cérémonie, et assista même, sur la demande de sa sœur, aux séances d'essayage de la robe de mariée. Giulia désirait que la journée soit organisée dans ce village de Toscane où ils avaient passé de nombreuses vacances en famille, même si la petite maison des vignes avait déjà été vendue. Lorenzo rencontra le curé de l'église minuscule, dressée au milieu des vignobles. Il visita le restaurant de campagne et se renseigna sur les menus, les vins, et la piste de danse. Raffaele le suivait partout, insolent et inutile.

Au matin du mariage, Raffaele apparut vêtu de noir et coiffé d'un feutre ridicule, il passa la journée à regarder les gens fixement sans saluer personne, et tout le monde le prit pour un simple d'esprit.

À cette époque, Lorenzo venait de sortir, pour ainsi dire, de son enfance littéraire. Que son premier roman, pourtant édité, fût passé à la trappe, cela ne l'inquiétait pas. Depuis l'âge de quinze ans, il avait toujours écrit, des nouvelles plus ou moins inachevées, des textes improbables, et même deux ou trois textes qu'il avait portés fiévreusement aux éditeurs sans jamais recevoir aucune réponse, sauf ces lettres stéréotypées où l'on vous affirme que le texte est intéressant mais n'entre pas dans la ligne éditoriale… Mais il ne se désespérait pas de ces refus ou de cette indifférence. Il se savait immature. Il était sûr qu'il deviendrait écrivain, par une espèce d'intuition qui le laissait paisible. Il ne guettait pas le courrier avec angoisse. Il attendait un autre signe : le sentiment intime d'avoir écrit quelque chose de beau. Et pour l'instant ce n'étaient que des épures, dont il jetait la plupart, et le premier roman publié, lui aussi, était une épure. Lorenzo avait quelque chose de massif et de serein, comme si rien ne pouvait l'atteindre, ou plutôt comme s'il était sûr de posséder en lui-même tous les antidotes. Délaissant ce qu'il appelait ses brouillons, il écrivit un petit roman laconique qui s'appelait, en souvenir de Dante, *Paradis* – il allait bien plus tard intituler un autre texte *Le Paradis est épars*, évocation d'Yves Bonnefoy qu'il admirait. Ce livre plein d'ardeur et de promesse allait rester lié au chagrin de son double deuil. Il racontait l'histoire d'une jeunesse romaine plus ou moins décadente et saisie d'espérance, porteuse d'attentes informulées, prête aux sacrifices sans savoir lesquels ni pour quelle cause. L'histoire se passait dans le quartier du Trastevere, où Raffaele avait longtemps fréquenté ses amis de la meilleure société romaine, société plus ou moins déchue, pauvre en talent mais riche en élégance, parce que lorsqu'une classe vient à déchoir c'est le talent qui disparaît en premier et l'élégance en dernier. Elle peignait un séducteur et l'appropriation du charme, c'était l'histoire de Raffaele, évidemment travestie, mais de toute façon l'intéressé ne la lut jamais. Lorenzo sut intuitivement que ce texte-là n'était pas comme les précédents, qu'il n'avait rien à voir avec les brouillons de sa première jeunesse, il l'apporta de confiance chez Bompiani, qui l'accepta aussitôt, et il remporta un succès. Ce fut au milieu de ce bonheur, et dans cette atmosphère d'élan joyeux, que Raffaele s'enracina chez Lorenzo avec sa paresse et sa morgue. Lorenzo se sentit coupable. En réalité, pensait-il avec effarement, si Raffaele était ainsi happé par le néant, c'était à la fois en raison de la mort des parents et de ce roman, qu'il prétendait n'avoir jamais lu. Était-il envieux du succès de son frère ? L'ironie permanente est toujours le fruit d'un ressentiment. Une intelligence qui ne parvient pas à ses fins dénigre ce qu'elle n'a pu obtenir. Mais il y avait autre chose chez Raffaele. Son charme provocant l'avait littéralement brisé. Celui auquel échoit le charisme, don gratuit, inexplicable et divin, peut réussir magnifiquement et sans aucun mérite dans des métiers de communication, de relation, de commerce. Bien souvent, il n'a même pas besoin de travail ni de compétences : son charisme lui tient lieu de tout. C'était la situation de Raffaele qui, fainéant et négligent, avait toujours tout acquis par la séduction, comme le célèbre joueur de flûte, depuis l'excellence scolaire jusqu'au grand oral du concours auquel il avait finalement renoncé, en passant par les amis et les conquêtes féminines. Prince en son royaume, adulé partout, il s'était cru tout-puissant par nature, alors que sa réussite reposait sur de mauvaises raisons. Une situation si fausse mène inévitablement à la ruine et au mépris de soi. Un jour éclate la vérité, comme il arrive au roi nu ou au gourou démasqué. Certes, le charisme n'est pas un masque, ni un faux-semblant. Et pourtant il camoufle les insuffisances avec tant de brio qu'il les encourage à proliférer. La plupart du temps, le bénéficiaire ne s'en rend pas compte, et passe son existence assis sur un nuage d'illusion, environné par l'admiration de tous. Mais Raffaele était un séducteur triste et lucide. Quand il comprit sur quels trompe-l'œil reposaient ses succès, il tomba littéralement en ruine, et mit fin à toute forme de vie sociale. Il se mit à régresser. Il avait des réflexes enfantins, et on sentait que toute une partie de lui demeurait en arrière. Pendant cette année de cohabitation dans l'appartement du Panthéon, Lorenzo eut parfois le sentiment de protéger et même de surveiller son propre fils, encore tout jeune. Il se souciait de lui comme d'un être en gestation. Quand ils partaient passer quelques jours à Terracina pour profiter de la chaleur du printemps, il avait l'impression d'emmener l'enfant à la plage. Quand ils quittaient Rome pour un week-end de ski à Monte Livata, l'hiver, il avait l'impression d'emmener l'enfant à la neige. Comment cela avait-il pu arriver ? Lorenzo se demandait s'il n'était pas lui-même responsable de ce naufrage. Il avait la culpabilité facile, je l'ai dit. Il accusait le roman d'être responsable de tout, comme si la description d'un caractère pouvait par magie provoquer le saccage de son modèle. Mais le pire était à venir.

Pendant ce temps, je me fiançai avec mon amie d'enfance, Camille, dont la famille habitait au village – enfin, fiancer est un grand mot, puisque j'avais le sentiment que depuis notre naissance, je lui avais toujours été promis. Il y a parfois de ces connivences si profondes qu'elles enfreignent les lois de la conscience. Camille appartenait à une famille d'éleveurs. Il y a chez nous des maraîchers et des éleveurs. Ils vivent en bonne intelligence. Les bergers marchent la tête haute avec des regards de solitude. Les maraîchers sont courbés sur le sol ingrat, ils s'apostrophent d'un champ à l'autre et se prêtent des outils, ils font les foins ensemble et mangent à la même gamelle. La plupart des familles développaient alors les deux activités. Mais à l'intérieur même des familles, on reconnaissait les uns et les autres. Camille avait un frère, Léonard, auquel on confiait les troupeaux pendant les mois d'été, un garçon de vingt ans, au parler laconique et au sourire lointain. Lorenzo à la première rencontre, fut fasciné, et après avoir rencontré Léonard et ses amis, dès que nous étions seuls il m'accablait de questions. Que font les bergers là-haut pendant ces milliers de jours et de nuits ? Est-ce qu'ils se récitent des poèmes de Thomas Elliot ou de Paul Ceylan ? Est-ce qu'ils inventent des systèmes métaphysiques ? Est-ce qu'ils deviennent fous ? L'un d'entre eux prétendait que là-haut, pendant ces nuits d'altitude aux étoiles embrasées, il avait vu des pierres de lune tomber du ciel et rouler sur le chemin de descente ; il disait qu'il avait vu des rhododendrons sauvages se transformer sous ses yeux en lucioles ; et bien d'autres choses encore.

Léonard montait chaque année à Jas Lacroix avec les centaines de bêtes et plusieurs chiens de berger. Là-haut, il vivait dans la cabane, et deux ou trois fois par saison on lui envoyait un remplaçant pour qu'il pût redescendre quelques jours. Camille allait le chercher en voiture à Entre les Aygues, elle se garait au bout de la route et pour marcher à sa rencontre elle descendait ce sentier raide qui mène au torrent. À l'heure dite, elle le voyait traverser le petit bois de saules de l'autre côté, aborder le tumulte de l'eau en noyant ses souliers, puis arriver vers elle. Des essaims de ces papillons bleus qui prospèrent sur les flaques s'attachaient à ses pas. Elle l'embrassait tendrement, et il l'enlaçait sans rien dire, plus taciturne et mystérieux que jamais.

Léonard n'était pas seulement un habitant de la montagne : il lui était mêlé au point d'en faire partie, d'une manière que je ne saurais vraiment décrire. Bien sûr il était une créature pensante au milieu de cet univers minéral. Et pourtant, il semblait intégré si étroitement à son monde qu'on aurait pu l'oublier là sans le voir. Malgré son jeune âge, il était si pesant, si tanné, si silencieux, qu'on pouvait facilement le confondre avec un rocher noir ou un arbre abattu par l'avalanche. Il évoluait dans cette immensité comme un enfant dans son logis, coutumier de chaque piège et ne s'inquiétant de rien, veillant à tout. J'eus l'impression désagréable qu'en dépit de ma connaissance ancienne et profonde de la montagne, c'était lui qui avait hérité de l'esprit des lieux. Car je pressentais que l'esprit des lieux, cette âme invisible, ne se trouve entre les mains que de quelques rares élus, qui peut-être se le transmettent de génération en génération, comme les sorcières se passent la recette des philtres d'amour. Et quand je regardais Léonard, quand j'allais le chercher avec Camille et que je le voyais sortir du bois de saules environné de papillons bleus, m'envahissait le sentiment douloureux d'avoir raté quelque chose. Il était si empreint de son monde, il lui appartenait si entièrement, que le découvrant là on l'aurait rangé avec la falaise grise, avec le nuage d'orage, avec la langue de glace bleue, avec le choucas moqueur. Il était comme eux discret et serein, occupant exactement sa place.

L'été de mes fiançailles, nous avons beaucoup marché ensemble, comme si mon nouveau statut d'homme responsable allait bientôt nous séparer. Nous ne parlions pas de l'avenir. Sauf une fois, lors d'une simple randonnée matinale à la Tête de la Draye, alors que nous étions en train de redescendre. C'est un chemin ombreux, très raide, et en août, bordé de myrtilles, que nous ramassions en passant et avalions aussitôt. Par habitude ancienne, Lorenzo marchait devant à la descente, et je choisis ce moment pour lui parler, profitant, sans doute inconsciemment, de l'absence de regard, et je me lançai dans un long monologue. Je lui dis à quel point le mariage me faisait peur. Bien sûr, j'étais amoureux, là n'était pas le problème – et Camille aussi. Mais dans ma culture (ma famille, mon milieu, mon village, que sais-je), ce n'était en rien une mince affaire, qu'on peut réduire en poudre sitôt que l'envie vous en prend. Je ne parlais même pas d'une promesse solennelle devant Dieu et pour l'éternité, non, cela n'était rien encore, on peut toujours s'arranger avec Dieu. Mais plus que ça. Tu prends un être en charge. À toi de le rendre heureux ou de le rendre fou. C'est plus que la responsabilité d'un enfant. Parce qu'un enfant, ça grandit rapidement et te quitte plus rapidement encore. Mais là... Chacun doit prendre sa part du monde, sans doute, et c'est la mienne, pour toujours. Je devrai rendre compte, ne serait-ce que devant moi-même (je crois à ce genre de tribunal, même s'il n'y en a pas d'autre), de ce que j'aurai fait de Camille. Car on devient toujours ce que les proches ont fait de nous. Regarde cet homme que sa famille a sottement adulé pendant toute sa vie, et qui finit dans l'arrogance et la fanfaronnade. Regarde cette femme dont le mari ne s'est jamais occupé, habitée par une solitude cruelle, aussi palpable qu'une maladie mortelle. Avoir une âme en charge est plus redoutable que tout. Sur la durée, de quoi sommes-nous capables ? Peut-être que l'énergie se lasse. Lorenzo s'arrêta et se retourna vers moi, les lèvres noires de myrtilles. Aucun sourire. Il jeta sombrement : Tu assureras, Chris ; tu sais faire cela ; ne crains pas. Puis il se remit à descendre. Ah oui, murmurai-je, je sais faire cela, tenir la corde, serrer les nœuds, poser les mousquetons, vérifier les baudriers. Mais là, c'est autre chose. Il s'écoula une bonne demi-heure, pendant laquelle nous descendions calmement, nous avions abandonné depuis longtemps les folles dégringolades de notre adolescence, et en arrivant aux rochers d'escalade d'Ailefroide, Lorenzo ralentit pour m'attendre. C'est bien pourquoi je ne me marierai pas, dit-il : je n'assure pas, comme toi. Je sus que c'était là la conclusion d'une réflexion douloureuse, que j'avais déclenchée plus haut. Mais à ce moment, je ne compris pas comment il fallait interpréter ces mots. Défiance de soi. Conscience de son propre égoïsme, irréformable. S'il fallait appeler égoïsme cette forteresse dans laquelle il vivait, et dont je perçais à peine la façade. Lorenzo s'assit dans le pré marécageux pour ôter un caillou de son soulier. Tes mains sont noires de myrtilles, dis-je. Que pensait-il à ce moment ? Que j'étais fou de poser tant de questions à propos d'une chose aussi simple et courante ? Qu'il se demandait bien ce que signifiait la charge d'une âme ? Qu'il serait incapable, lui, et définitivement, de rendre une femme heureuse, et que j'avais de la chance ? Le plus proche nous est encore étranger. Cette réflexion me rendit mélancolique. Il ajouta en riant, non pour se moquer de cette pensée secrète qui m'intriguait, mais en se moquant de lui-même : Être ton témoin, cela me suffira comme responsabilité ; et si tu veux, je serai parrain d'un enfant.

Nous nous sommes mariés en avril, alors que fondait la neige d'hiver. Une herbe timide avait déjà poussé dans les champs, et on sortait les moutons des étables avec un soulagement de joie. Les troupeaux s'égayaient en égrenant partout le bruit ininterrompu des clochettes. Par respect pour Camille et parce qu'elle me l'avait demandé, j'acceptai de me marier dans le rite catholique, mais elle ne voulut pas m'imposer la grande église d'en bas, au clocher de pierre et aux merveilleuses sculptures. Nous avons projeté la cérémonie dans une chapelle de village, l'une de ces adorables chapelles peintes de dessins naïfs et enracinées dans les siècles des siècles, avec le cadran solaire à l'entrée, *ultima necat*. Naturellement, j'avais demandé à Lorenzo d'être mon témoin. J'allai le chercher à Turin à la descente du train de Rome. Il était souriant, chargé de paquets et d'une énorme valise. Mais je sentis aussitôt que quelque chose n'allait pas. Pendant le trajet, je lui demandai des nouvelles de son roman, qui marchait magnifiquement. Il savait cependant qu'il ne parviendrait pas à en vivre, en tout cas pas pour l'instant. Il demeurait donc journaliste et en tant que tel, il avait cherché un emploi plus stable qu'auparavant. Il l'avait trouvé dans une revue de géographie et exploration, ce qui lui permettrait de voyager tant qu'il voudrait. On lui demandait des articles de plusieurs pages, avec les photos correspondantes, sur une population du monde censée attirer les regards. Il se réjouissait de cette perspective. Pourtant, il semblait las et triste, le regard vague, et la fin de ses phrases tombait dans le vide. Je le connaissais assez pour sentir là, comme une nuée d'orage, le signe d'un désespoir secret. Son enjouement même me parut suspect. Je ne lui posai pas de question. Je savais que s'il voulait me dire quelque chose, il le ferait. Je pris le parti de raconter par le menu notre vie joyeuse de préparation au mariage, de décrire sa chambre telle que je l'avais préparée chez nous, et la vallée en ce mois d'avril, toute pleine du tintement des troupeaux éblouis par la lumière du jour. À son arrivée, Camille lui fit fête et demanda des nouvelles de Giulia, qu'elle n'avait jamais vue mais dont elle connaissait la vie dans les détails. Nous allâmes tous les trois marcher sur le chemin des douaniers, vers Les Vigneaux. Pourquoi est-il si triste ? me demanda Camille en aparté.

La chapelle était trop petite pour contenir les deux familles, il fallut laisser grandes ouvertes les portes centenaires, et pendant tout l'office on entendit les clochettes des troupeaux, qui tantôt s'éloignaient et tantôt se rapprochaient, dans une sorte de complicité touchante. Lorenzo joua son rôle avec tant de sérieux et d'une espèce de joie sacrée que je crus m'être trompé. Il nous offrit deux petits tableaux vénitiens pleins de palais et de ponts jetés sur l'eau. Il interrogea les frères et cousins de Camille sur le métier de berger, sur les journées et les nuits du berger, sur les pensées du berger. Eux, des gens simples et ténébreux à la fois, répondaient en le regardant d'un air étonné. Le soir, il apporta la valise lourde qui m'avait intrigué, et sortit de là plusieurs dizaines de ces bougies romaines qui sont comme de grandes assiettes rouges, nanties d'une mèche épaisse et courte. Il les déposa partout. Chez nous, les réverbères sont rares, et la municipalité les éteint tôt. Quand Lorenzo alluma ses bougies dans cette obscurité complète, toute la montagne parut d'un coup enchantée, et nous avons dansé au milieu de cette féerie. Quand nous sommes partis peu après, Camille et moi, pour passer deux semaines dans les Alpes-de-Haute-Provence, je dis à Lorenzo de s'installer dans ma chambre de garçon, de rester tant qu'il voulait, que ma mère l'adorait et qu'elle le dorloterait. C'est ce qu'il fit. Ma mère me raconta plus tard que le lendemain du mariage, et tous les jours suivants, il était apparu chargé d'un souci pesant et innommé, qu'il portait comme un châtiment. Ma mère sur ces choses-là ne se trompait jamais. Elle s'était occupée de lui sans poser aucune question. Puis elle avait compris qu'il craignait de rentrer à Rome, pour une raison qui demeurait obscure. Elle installa dans sa chambre, qui était la mienne, un bureau plus grand, afin qu'il soit à l'aise pour écrire. Mais les jours qui suivirent, Lorenzo se mit à réparer tout ce qui n'allait pas dans la maison. Il avait remarqué les deux chaises cassées, la porte de l'armoire qui ne fermait plus, et bien d'autres dégâts qui, pour n'être pas rédhibitoires, irritaient la vie. Il avait toujours eu un talent pour ce genre de travaux. Il passa des journées à raboter, scier, clouer. Pour discuter de la meilleure réparation possible, il alla chez le menuisier Ravier qu'il connaissait si bien, et chez le serrurier dont on ne savait pas à quoi il servait, puisque personne ne verrouille jamais sa porte ici, et dont chacun se demandait s'il n'était pas plutôt une sorte de cambrioleur à la retraite. Il parvint à retrouver une clé pour ouvrir le tiroir d'un petit secrétaire où ma mère disait avoir serré des papiers précieux dont elle avait oublié la teneur. Il répara même le garde-manger, ustensile valétudinaire que ma mère conservait comme un bijou, prétendant en dépit des railleries de mon père que les aliments s'y conservaient mieux qu'au frigidaire, et il lui rendit sa forme, si tant est qu'on puisse définir la forme d'un objet aussi obsolète. Puis il alla passer une journée à l'Eychauda avec Léonard qui souhaitait vérifier l'état des lieux avant la prochaine arrivée des troupeaux. Au milieu de toutes ces activités qui paraissaient forcées et dictées par un désir de se débattre on ne savait contre quoi, il demeurait sombre et contraint. Ma mère le regardait sans mot dire en lui servant la raclette dont il raffolait, s'esclaffait sur ses travaux en remerciant, et secrètement s'inquiétait. Il avait été décidé que Camille et moi rentrerions après deux semaines, et nous installerions dans le petit chalet que nous avions loué dans la plaine de Vallouise, au milieu d'un champ de pommiers. Lorenzo annonça qu'il allait partir, quelques jours avant mon retour, et je suppose que pour quelque raison obscure, il ne souhaitait pas que je le retrouve en arrivant. Le dernier soir, mon père était parti aider un ami à déménager vers Embrun, et pendant le dîner Lorenzo confia son souci à ma mère, ce que je n'appris que plus tard.

Quand il arriva peu après pour la saison d'été, je lui demandai ce qu'il voulait faire : j'avais gardé pour lui ces deux premiers jours, nous irions où il le souhaitait. Il avait envie spécialement, j'ignorais pourquoi, de faire la Pointe du Sélé. Nous sommes donc partis pour Ailefroide et avons atteint le refuge du Sélé en trois petites heures, sans prononcer une parole. Je n'avais pas parlé à Lorenzo depuis son séjour chez moi en mon absence. J'ignorais ce qu'il avait envie de me dire ou de me taire. Je le trouvai plus sombre encore que d'habitude, et cela m'effrayait. Le temps ce jour-là était au beau fixe, et la nature, au pied de Claphouse, merveilleuse. Non loin du refuge, nous nous sommes arrêtés pour boire sous la barre rocheuse. Il me regardait avec un air lointain, comme si nous n'avions rien à nous dire. Je me taisais.

Vers six heures de l'après-midi, nous nous sommes installés au refuge, avons chaussé les sabots et installé les provisions dans un panier, la routine. Je suis allé saluer le gardien. Viens voir le crépuscule, me dit Lorenzo, et il m'entraîna dehors un peu à l'écart. Face à la vallée, nous nous sommes assis sur une pierre côte à côte, une bouteille d'eau à la main. Alors il se mit à parler, au début précipitamment, comme s'il craignait de ne pas oser, puis avec sérénité et détermination, comme s'il était en train de déposer son problème entre mes mains avec toutes ses ficelles, tous ses pétards et toutes ses ruses.

Raffaele n'avait plus supporté cette existence oisive et incolore. Peut-être qu'il ne supportait plus son frère. Peut-être qu'il ne parvenait pas à faire son deuil. Peut-être souffrait-il d'une dépression cachée. En tout cas, un certain jour de mars, en rentrant le soir du journal, Lorenzo ne l'avait pas trouvé à la maison, et sa chambre était restée vide. Après avoir pendant plusieurs jours écumé les hôpitaux et les gendarmeries de la ville, Lorenzo dut se faire une raison : Raffaele avait quitté Rome ou bien il se cachait – dans tous les cas c'était une évasion et non un accident. Ce constat le culpabilisait : non seulement il n'avait pas su prendre soin de son frère, mais c'était lui qui l'avait fait fuir. Incapable de rester devant son bureau à broyer du noir ou à faire semblant d'écrire, il se mit à arpenter les rues sans répit, ne cherchant rien mais attendant tout, le cœur plein de honte. Il espérait, à force de réfléchir, découvrir et imaginer ce qui avait bien pu arriver, et au soir de trois longues journées d'errance, il se rendit au Largo di Torre Argentina, comme il avait l'habitude de le faire régulièrement. Il raffolait de ce lieu. L'aire sacrée, immense au milieu de la place et tout en profondeur comme le sont les monuments très anciens, les avait toujours fascinés,

Raffaele et lui. On ne pouvait descendre dans les ruines magiques où se trouve, dit-on, le lieu célèbre de l'assassinat de César. Les Italiens ne tiennent pas comme les Français à ce que chaque ruine soit nettoyée, reconstituée, étiquetée, appropriée. Ils laissent leurs merveilles se détériorer au soleil, probablement aussi parce qu'ils en ont trop. Les colonnes tombées gisent au sol comme des soldats morts et les marches des palais sont mutilées par les pluies de vingt siècles. Le lieu n'est pas stable et seules des hordes de chats rôdent parmi ces ruines.

Débouchant depuis la piazza Navona sur le Largo Argentina, il aperçut Raffaele, assis au pied de la balustrade qui donne sur l'Area Sacra. Assis par terre, sale, fripé, barbu, tel un authentique clochard. Et comme il traversait le boulevard pour le rejoindre, une pensée terrible le frappa de plein fouet : à son aspect mais aussi à son installation, au nombre de paquets dépareillés qui l'entouraient, à son étalement sur le trottoir, on comprenait que Raffaele avait gagné la rue, qu'il avait pris la rue comme on prend la brousse, le maquis, comme on prend la fuite, la poudre d'escampette, le large. À le voir ainsi campé, équipé, posté tranquillement avec toutes ses affaires hirsutes comme lui, on sentait qu'il ne craignait plus rien ni personne, et surtout pas Lorenzo qui s'approchait lentement, le cœur en feu. En plus, et il ne le vit que de près parce qu'il se cachait dans un pli de sa veste, un chat s'était apparemment attaché à lui, tout hérissé de noir. En même temps qu'il observait le chat, il dévisagea son frère, qui leva sur lui des yeux fatigués : J'ai besoin de Ventoline, murmura Raffaele sans autre préambule. Lorenzo lui toucha l'épaule : Ne t'inquiète pas ; je vais aller en chercher ; reste là ; donne-moi juste un peu de temps, parce que je n'ai pas d'ordonnance. Lorenzo avait un ami médecin généraliste, installé sur le corso Vittorio Emmanuel II, un peu plus loin vers San Filippo Neri, et il se hâta, courut presque, trouva le cabinet ouvert et entra dans la salle d'attente où il y avait deux personnes. Il fit mine de feuilleter des revues insipides, juste pour que ces deux personnes ne s'aperçoivent pas de son effroi, de l'affolement animal que la vue de son frère avait provoqué en lui. Il dut attendre une petite heure, le médecin le reçut amicalement et se mit à son bureau pour rédiger l'ordonnance de Ventoline, sans poser de question, et Lorenzo, plein de honte et de culpabilité, ne disait rien sur la situation de Raffaele. Cependant, le médecin était un lecteur impénitent, il avait l'habitude d'interroger Lorenzo et de discuter avec lui sur des sujets littéraires. Et tout en commençant à écrire, sans lever la tête il l'interrogeait

– Je suis en train de relire *Crime et Châtiment*, qui passe en ce moment au petit théâtre de la Villa

Borghèse. Le personnage de Sonia est fascinant. Pour une actrice, il doit toujours être difficile de jouer le rôle d'une prostituée, mais il doit être bien plus difficile encore de jouer un sentiment d'amour pour un être aussi dégoûtant que Raskolnikov…

– Comment ? s'écria Lorenzo, mais qu'est-ce que tu dis là ? Sonia Semionovna n'aime pas Raskolnikov ! Elle n'a pour lui que de la compassion, une compassion russe, écrasante, et plus sacrificielle que n'importe quelle passion.

– Tu plaisantes, murmura le médecin en laissant courir sa plume sur le papier : elle l'aime, et elle cache cela sous la pitié, parce que la pitié est le seul sentiment pour lequel Dostoïevski éprouve quelque intérêt.

Là-dessus, de façon inattendue, Lorenzo sortit de ses gonds, il se leva d'un coup et se mit à crier : Il s'agit bien de cela ! Je me fiche des sentiments de Sonia Semionovna ! Raffaele s'est enfui et il est devenu clochard, il dort dans la rue aux alentours de l'Area Sacra ! Je suis un piètre frère, je n'ai rien vu venir ni rien compris… Il me faut seulement de la Ventoline.

Le médecin leva sa plume et son visage changea de couleur. Seigneur… murmura-t-il, il n'a pas supporté la mort de vos parents… Te voilà parti dans une drôle de galère, mon pauvre vieux ; voilà une ordonnance renouvelable ; si tu as besoin de moi je suis là, et la prochaine fois téléphone-moi avant, tu ne passeras plus par la salle d'attente. Il ajouta : Je n'aime pas beaucoup ces chats de l'Area Sacra ; Dieu sait quelles maladies... Il ne s'agit pas de ça, s'écria encore Lorenzo avec impatience, mais plutôt : l'avenir – comment le sortir de là ? Il remercia, descendit à la pharmacie et courut au Largo Argentina où Raffaele, qui n'avait pas bougé, prit le flacon, inhala sa dose et s'endormit aussitôt. Lorenzo avait acheté deux flacons, qu'il glissa dans le sac étalé par terre. Puis il rangea l'ordonnance dans son portefeuille et s'éloigna.

Les jours suivants, il demeurait des heures à la balustrade de l'Area Sacra, cherchant ou attendant son frère. Comment donc vivent ces chats... tous différents, vulgaires ou racés, squelettiques ou ventrus, noirs ou blancs ou roux, mais toujours méprisants, altiers, indifférents. Ont-ils un gouvernement, une sorte d'État dans l'État, puisqu'au fond l'administration leur a dévolu ce territoire, à eux seuls et à l'exclusion des humains ? Ils courent à travers les ruines et escaladent les colonnes sans les déranger. Un jour, il imagina que Raffaele dormait en bas, au milieu des chats, près de ce portique où l'on croit que César a été assassiné. Mais il ne le trouva plus. Il arpentait les rues, des flacons de

Ventoline dans ses poches. Le plus simple est de penser, me dit-il, que Raffaele est fou. Peut-on croire qu'une existence marginale suppose la démence... Il est vrai que la plupart des clochards semblent un peu dérangés, mais c'est peut-être leur genre de vie qui... Un de mes oncles a malencontreusement rencontré Raffaele devant Santa Chiara, et a tout compris, il m'a immédiatement téléphoné pour me conseiller vivement de le faire interner en hôpital psychiatrique ; le cher homme est d'une autre époque ; il ignore qu'on ne force plus un individu à entrer dans un hôpital ; d'ailleurs, je n'aurais fait cela pour rien au monde, même si c'était possible ; c'est pourquoi nous avons tant de clochards ; je suis allé au Trastevere pour poser des questions aux gens de Sant'Egidio, qui s'occupent des mendiants de la ville, et à force de chercher j'ai trouvé un homme qui connaissait Raffaele pour lui avoir servi des repas et même trouvé de la Ventoline, j'ai accueilli cet homme comme une sorte de libérateur, et pourtant il n'avait rien à dire : « C'est ainsi » – voilà. Qu'est-ce que j'ai manqué ? Qu'est-ce que je n'aurais pas dû faire, et qu'est-ce que j'aurais dû faire ? il murmurait cela non pas comme une question vers moi, mais comme un cauchemar intérieur, une adresse peut-être à la conscience, sa voix était tournée en dedans.

Raffaele et lui étaient si différents, et il n'avait pas su s'approcher de lui pour le comprendre. Tout était sa faute. Affolé par ce qu'il avait provoqué, il avait commencé par annuler la saison d'été en montagne, et projeté de ne pas quitter la ville. Mais Giulia l'en avait dissuadé. Elle ne prenait ses vacances qu'en septembre et s'était proposé de rester à Rome et de veiller. J'imaginais Giulia, que je n'avais pas vue depuis des années, arpentant les rues de Rome avec son regard touchant et mystérieux, son port altier, explorant les soupes populaires de Sant'Egidio, les deux flacons de Ventoline dans sa poche.

Lorenzo parlait, parlait, je mâchais des brins d'herbe, et tourné vers lui je le regardais silencieusement, avec attention, sans perdre un mot, parfois il s'animait et sa voix jetait la colère et l'indignation, parfois il retombait dans une sorte de désespoir et sa voix chavirait, descendait crescendo pour devenir un frémissement.

Lorenzo parlait, parlait, parlait, et le ciel était mauve. Puis des traînées d'or apparurent vers les crêtes de Rascrouset. Je restais muet, de toutes ces paroles je ne saisissais que le drame, pour le reste tout était mêlé, sans raison et sans issue, de cette situation inextricable on ne pouvait tirer un seul fil pour tenter de la défaire, je mâchais un brin d'herbe et je regardais Lorenzo… les chats, César, la honte, la Ventoline, la soupe populaire, la culpabilité, aucune issue, il était juste là en train de raconter sans fioriture, sans questionnement, comme on prend acte d'un mauvais hasard, ou comme on prie. Il parlait moins pour moi que pour les sommets, les torrents, la neige, qu'il fixait d'un regard vide, ou plutôt pour lui seul, parce que ce regard gisait au-dedans, enfermé.

À la fin nous nous sommes levés ensemble de ces cailloux arides, peut-être parce que nous avions froid, peut-être parce qu'il n'y avait rien à ajouter, rien à conclure, rien à décider, rien à faire. Demain matin nous n'irons nulle part, ai-je dit en désignant une marée noire de nuages qui montait à l'est, vers les vallées de Chambran ; c'est l'orage qu'ils avaient annoncé ce matin ; dans une heure il pleuvra, et demain le glacier du Sélé sera une patinoire brumeuse ; la course est fichue. Il me jeta un œil à la fois incrédule et confiant, il se demandait comment une soupe noire si loin dans un ciel sans nuage pouvait provoquer bientôt les cataclysmes, et il savait que sur ces sujets je ne me trompais pas. Je ne pus m'empêcher de voir dans cette tempête menaçante l'image du destin de Raffaele. J'étais sûr que Lorenzo pensait la même chose.

L'hiver d'après, je terminai mes stages et reçus mon diplôme d'aspirant-guide. À la fin du printemps, alors qu'une nouvelle vie commençait pour moi, mes amis me firent fête en organisant une petite réception chez l'un d'entre eux, qui habitait aux Vigneaux. Au moment où nous levions nos premiers verres, j'aperçus Lorenzo sur le seuil de la porte. Je ne l'avais pas invité, parce que je jugeais la distance trop grande et l'affaire trop petite. Qui l'avait prévenu ? À tout coup ma mère, qui avait l'habitude de promouvoir le bonheur des autres avec une persévérance et une minutie de souris.

Depuis Émile Pic, je suis descendu en prenant sur la droite vers le refuge Caron, je voulais parler au gardien, à vrai dire dans mon désarroi je n'avais plus d'autre idée, et m'imaginais follement que la réponse était là. J'ai couru dans la descente neigeuse, puis dans la montée du rognon, avec l'espoir de l'inconscience. Inscrits dans le paysage et parfois projetés dans l'épaisseur du ciel, les refuges n'étaient pas des maisons ordinaires, qu'on installe ici ou là en un lieu précis à partir de matériaux venus d'ailleurs. Ils semblaient littéralement issus de la nature minérale, à laquelle ils ressemblaient comme des enfants à leur mère. Ils poussaient là au pied d'une paroi comme un champignon ou une pierre peuvent pousser, sans l'intervention de l'homme, et sans aucun regard humain. De loin on ne les voyait pas, et même de près, leurs murs modestes avalaient les couleurs du couchant (car on arrivait toujours au couchant) exactement comme les parois voisines, dans lesquelles ils se fondaient. Perchés sur un monticule, ils semblaient une excroissance de la roche, promontoire de pierrailles, dont ils formaient la terminaison. On y entrait comme dans une grotte, tout y était sombre, depuis l'entrée pleine d'étagères, où il fallait troquer ses souliers contre des sabots de caoutchouc, jusqu'aux dortoirs enténébrés, à l'atmosphère épaisse de cale de navire ou parfois de bordel portuaire, en passant par la salle à manger toute noire entre les paniers suspendus et les tables encombrées – tout y avait, même en plein été, un air hivernal, humide et inamical, mais c'était là l'air même de nos aventures et c'était ainsi que nous l'aimions. Peut-être le refuge était-il né de la montagne, une nuit d'orage, roulant au pied des moraines comme ces morceaux de parois. Ou bien il était là depuis les âges glaciaires, vieillissant au fil des millions d'années avec les couches superposées de granit et de gravier. Mais il n'était pas de main d'homme, ça non, il n'était qu'une excroissance naturelle de la montagne. Nous y avions enfoui nos rêves qui ne sont pas près d'en sortir, et qui demeurent là-bas en sécurité. Ainsi compris, le refuge de montagne, cette forteresse creusée dans la nature minérale, restait l'idéal le plus pur de la vie que l'on pouvait désirer, le seul lieu où l'on serait pierre ou oiseau, rien d'autre.

À cette époque, le gardien de ce refuge était un vieux guide, trop âgé déjà pour grimper les pentes et trop jeune pour prendre sa retraite. Il avait vécu aussi dans l'ancien refuge, où l'on demeurait confiné entre la cuisine dérisoire et la pièce commune qui servait à la fois de salle à manger et de dortoir. Il arrivait que les deux bat-flanc ne suffisent pas à loger tout le monde, alors les tables servaient de lits et même on avait vu certains jours des clients dormir sous la table. Dans cette baraque de bois où le vent sifflait à travers les interstices, aux jours froids de septembre on pouvait trouver une pellicule de glace sur le plancher.

Le gardien vivait là de juin à octobre. Il n'avait pas de nom, seulement un prénom, et tout le monde l'appelait Gaspard. Son monde était à la fois restreint et immense. Au fond, il était gardien de phare. Deux fois par semaine, parfois plus, il recevait les vivres qui lui parvenaient à dos d'homme ou par hélicoptère. Le soir il réchauffait la soupe et cassait des œufs pour les guides, qui ont toujours droit à un vrai repas. Chaque matin, il se levait à trois heures et réveillait ceux qui partaient vers la Barre des Écrins. Pendant les longues matinées, il se postait au soleil devant la porte, sa pipe à la main, les jumelles à portée, surveillant les cordées sur l'énorme face neigeuse des Écrins. Ici on ne compte pas les individus, mais les cordées. Il savait où allait chacune et se tenait pour responsable de son retour. Il notait tout sur un grand registre. Si une cordée disparaissait d'une manière ou d'une autre, il était premier à le savoir, et alertait la gendarmerie. L'après-midi, il faisait une petite sieste avant l'arrivée des prochains.

Je suis arrivé vers lui en fin de matinée, il m'a proposé de partager son repas en racontant mon histoire, il avait compris juste en me regardant que je devais avoir un problème, et puis c'est inédit de voir un guide seul et sans suite en pleine montagne. Il connaissait Lorenzo, évidemment. Presque une semaine, dis-je. Gaspard l'avait hébergé la semaine d'avant, pour la Roche Paillon. Mais cette semaine, il ne l'avait pas vu. Il me parla des crevasses vicieuses qui venaient de s'ouvrir à l'approche du Col des Écrins ; il me parla d'un énorme pan de rocher tombé le soir d'avant sur les flancs de Roche Paillon ; il me parla de deux grimpeurs aux regards mystiques qui avaient fait avant-hier le sommet par la voie Whymper – ah ! comme il aurait aimé en être, s'il avait dix ans de moins… ; il me parla d'un orage noir et violent qui s'était abattu sur les faces sud, avant-hier, avec la soudaineté des fléaux de la Bible, crevant le ciel bleu qui ne s'attendait à rien, et noyant l'immensité des glaces sous des éclairs violets. Il est forcément quelque part, dis-je douloureusement. Je vais maintenant aller sur le Séguret d'Avant, ensuite au Coolidge. Gaspard me regarda boucler mon sac et m'accompagna sur le seuil de la porte. Écoute, fiston, me dit-il avec un drôle d'air à la fois lugubre et fraternel, demande-toi d'abord ce que tu risques de trouver. Il me fit un grand geste du bras pendant que je m'apprêtais à prendre en courant le sentier de descente. J'étais abasourdi. Il avait deviné la méprise que je cultivais depuis plusieurs jours, une sorte de mensonge inconscient. Je cherchais Lorenzo comme on cherche un vivant. Aujourd'hui je m'étais attendu à le trouver là, dans le creux du sommet de Roche Émile Pic, peut-être la cheville foulée mais guettant mon arrivée sur un rocher sec, en mangeant le fromage qui lui restait. Fadaises. Songes. Nuages. Il avait disparu depuis six jours. Tout ce que je risquais de trouver, c'était un cadavre. Seulement jusque-là je n'avais pas voulu me l'avouer. Je me jouais à moi-même une comédie débonnaire. Gaspard m'avait dessillé les yeux. Sortant de ce que nous appelions le rognon, je pris pied sur le glacier et tout me parut vide, vide de présence, vide de sens, vide de sentiment, vide d'âme. Lorenzo ne m'avait parlé de la mort qu'une seule fois, et je m'en souvenais parfaitement. Pour la seule et unique fois nous avions entrepris de monter à la Condamine. Unique, parce qu'en redescendant nous avions décidé que cette montagne de la soif, pelée comme une vieille pomme, ne méritait pas qu'on recommence. J'avais souvenir d'une chape de soleil et de chaleur, pendant que Lorenzo me disait :

Tu sais, nous sommes comme des décalcomanies ; nous laissons dans le monde, peu à peu, tout ce que nous sommes ; quand nous mourons il ne reste plus guère que le support, une écorce ; chacun a sa manière de se transcrire ; je serai tout entier dans mes livres. Je lui objectai que, peut-être, il mourrait avant d'avoir fini. Mais il se retourna vers moi en riant : Évidemment ! on meurt toujours avant d'avoir fini ; on meurt toujours devant un livre ouvert ; mais c'est la dignité des morts, de partir avec le dernier secret – tu ne crois pas, Chris ? Car ils n'ont plus que cela pour leur appartenir en propre : leur secret.

J'aurais dû garder constamment un œil sur ses projets. Ainsi meurt l'ami : quand on cesse de penser à lui. Car les amis sont de l'espèce évanescente et fugitive : ils ne vous appartiennent pas, comme ce peut être le cas, plus ou moins, d'un conjoint ou d'un parent ou d'un enfant. Ils sont libres et de la liberté la plus ardente, ils ne dépendent en rien de vous, tout ce qu'ils donnent ou prennent relève de la gratuité, ainsi peuvent-ils si facilement s'évanouir dans le vent ou la nuit, disparaître sans laisser un mot. Leur fidélité est sans motif. Ils ne vivent que de l'attention qu'on leur prête. Il suffit d'ouvrir la main pour les perdre.

J'ai décidé, au lieu de courir comme d'habitude, de descendre lentement jusqu'au refuge du glacier

Blanc, parce que j'étais bouleversé et que j'avais besoin de réfléchir. On était au début de l'après-midi, la neige fondait et les ponts de neige commençaient à menacer ruine. J'avançais sans trop réfléchir, me fiant à ma connaissance du terrain, et pendant ce temps j'ai commencé à me parler de lui au passé. J'aurais dû aller à Rome, me suis-je dit douloureusement. Il me l'a demandé tant de fois. Il me l'a tant racontée. Quelle idée d'être aussi casanier… craintif? égoïste? Pendant que je passais devant l'arête sud du Pic du glacier Blanc, j'ai imaginé la rondeur solennelle du Château Saint-Ange avec son allée peuplée de séraphins. Pendant que je doublais la Pointe Cézanne, j'ai aperçu la perspective de la Via Appia longée pas les tombeaux, le Campo de'Fiori avec les vendeurs d'estampes et le fantôme de Giordano Bruno. Pendant que je m'arrêtais un instant pour regarder la face des Cinéastes, j'ai marché dans les ruelles rouges avec l'espoir insensé d'y rencontrer encore un empereur, une louve ou un saint. Je dévalais dans les pierrailles, mes tempes bourdonnaient de chaleur, pas un brin d'herbe, partout le désert immobile de glace et de roche, et je voyais les collines ombreuses sous les pins parasols, les terrasses de citronniers, et la luxuriance des lierres dans l'enfilade de la Via Giulia.

Pendant des années, Lorenzo s'installa dans cette sournoise inquiétude à propos de Raffaele. L'été suivant, il vint comme d'habitude, et pour la première fois il n'occupa plus la chambre du grenier mais s'installa dans le petit hôtel d'altitude, où il prenait ses repas. Il est vrai qu'à présent il gagnait sa vie, et peut-être s'était-il en quelque sorte embourgeoisé à la mort de ses parents. Cette installation me fit un peu peur. Car dès lors il menait une vie de vieux garçon, et je le trouvais trop jeune pour n'être plus un simple garçon. Il avait son rond de serviette et sa bouteille de vin dans la petite salle à manger sans prétention où la patronne perçait au cœur tous vos secrets. Mais il semblait ravi de cette solution, que moi je trouvais trop stable pour être jamais changée. J'avais l'audace – la prétention ? – de croire que mon mode de vie aurait été le meilleur pour lui aussi, je lui souhaitais une famille et le lui disais avec une naïveté qui le faisait rire. Chez nous un premier enfant est né, un garçon. Nous l'avons appelé Louis, le prénom le plus répandu ici, parce que notre vallée, après avoir été longtemps appelée

Valpute – maudite, mauvaise, vallée des Vaudois hérétiques –, a été finalement sauvée de l'Inquisition par la protection des rois Louis, dont elle a pris le nom.

Une histoire bien particulière me fit comprendre de quelle manière Lorenzo travaillait. Récemment promu guide et peu après mon mariage, j'avais vu arriver un garçon très jeune, dix-neuf ans peut-être, qui avait trouvé une chambre au Logis des choucas, et que je reconnus aussitôt comme un fort en thème fou de montagne. C'était un expert des rochers de Fontainebleau. Il me commandait, chose insensée, le Pilier sud des Écrins. Je reculai d'instinct devant cette fragilité de grandi-trop-vite, cette grâce lente, ces regards d'intellectuel et ces mains artistes, tout cela pour une escalade aussi dangereuse. Mais l'assurance de ce garçon m'intriguait. Je résolus au moins de tester ses capacités. Je mis comme condition de faire d'abord les arêtes de Sialouze. Nullement incommodé par tout ce que cela allait lui coûter (il semblait n'avoir aucun problème d'argent), le garçon, qui s'appelait Eudes, attendait la course avec une ferveur de débutant. Quant à moi, je grommelais. C'est autre chose de grimper à Fontainebleau comme un chimpanzé, et de se trouver à quatre mille mètres au milieu du froid et du vent. Nous avons donc fait Sialouze, et il s'avéra que le garçon grimpait divinement, sans hâte ni difficulté, avec une aisance de félin. Il n'exagérait pas ses capacités, et surtout, il faisait preuve de la vertu décisive : il m'obéissait en tout sans murmurer. Bref, il était parfait. Nous avons donc attendu les meilleures conditions météo pour le Pilier sud, nous sommes partis pour le glacier Noir et avons bivouaqué aux balmes de François Blanc, juste sous la face, dévorant nos boîtes de thon sans parler ni l'un ni l'autre. Je fus pris d'une inquiétude folle en voyant mon compagnon tellement frêle et calme, un fétu. Ce n'est pas une course dans laquelle on peut faire des allées et venues. Une fois dans la face, il faut sortir par le haut ou jamais. Impossible de redescendre, impossible de gagner une voie plus facile. En cas de difficulté, on bivouaque au milieu, suspendu sur une petite vire. Tiendrait-il une deuxième nuit ? À deux heures du matin, nous avons commencé à nous élever au-dessus de la rimaye vers le Bastion. Il se hissait dans mon sillage, détachant avec méticulosité les mousquetons, tenant la corde là où il le fallait, je le surveillais entre mes jambes, il montait comme un chat affairé, veillant à tout, parfois je m'arrêtais trente secondes et aussitôt il était là, à un mètre, levant vers moi un regard sérieux et docile. Il découvre les prises difficiles avant même que je lui donne conseil, pensais-je, et ce vide effarant sous ses pieds, ne l'affecte pas ;

il obéit si vite à mes ordres et sans poser aucune question ; il grimpe avec la rapidité et l'aisance d'un magicien ; s'il poursuivait dans cette voie, plus tard il serait peut-être meilleur que moi. Nous avancions à deux comme si nous avions été un seul, sans hâte particulière et avec bonheur, pendant que l'obscurité nocturne laissait place à une aurore violette. Nous sommes restés neuf heures dans la face, prenant juste deux pauses pour boire et avaler des barres chocolatées, et sommes arrivés au sommet peu après onze heures, ce qui était très respectable. En sortant de l'ombre de la paroi abrupte, humide et noire, d'un coup le soleil éclatant vous prenait en pleine figure, un éblouissement de lumière dans lequel s'étendait la large vallée glaciaire, blanche à perte de vue. À peine quelques minutes au sommet, en contemplation silencieuse, dans un froid mordant et un vent sans pitié, puis nous nous sommes vite engagés sur l'arête qui mène au Pic Lory, et avons dévalé les pentes de neige, le garçon devant, posant ses pieds dans les traces les plus récentes, appliqué et heureux, veillant à la corde et jamais fatigué. Laissant à gauche l'échancrure du col, nous avons louvoyé sur le glacier vers le rognon du refuge. Et là, quand je me suis arrêté pour désencorder, alors que nous n'avions pas échangé plus de dix mots depuis la veille, le garçon murmura en me regardant bien en face :

– J'en avais tellement rêvé. Cela restera la plus belle journée de ma vie.

Je ne savais que répondre et je n'ai pas répondu. Nous sommes entrés dans le refuge Caron où mon compagnon m'a invité à déjeuner, selon la coutume, entre les bat-flancs et les paniers des alpinistes. J'ai pensé qu'il fallait quand même, par politesse, prononcer une vraie phrase en échange du compliment en forme d'aveu qu'il m'avait fait. J'ai demandé à Eudes vers quel métier il s'orientait, et il a répondu qu'il était en deuxième année de Langues'O, en train d'apprendre le farsi. Je le sentis bizarrement à la fois très loin et très proche de moi. Pendant le repas, au milieu du silence, il me demanda si je croyais en Dieu. Je lui répondis que oui. Ce fut là toute notre conversation. Dès qu'il relevait la tête de son assiette, il me regardait avec une intensité qui aurait été gênante en d'autres circonstances. La haute montagne est un lieu aussi aride pour les passions que pour les arbres. On n'y fait que de la technique et de la métaphysique, les sentiments humains restent en bas. Je ne l'ai plus jamais revu. Je l'avais même presque oublié quand, des années plus tard, j'ai emmené une cordée à Roche Faurio. Deux femmes et un homme, plus tout jeunes, mais qui marchaient convenablement. Une fois arrivés sur ce col vertigineux qui précède de peu le sommet, comme je m'arrêtais pour poser une assurance, l'une des femmes m'a dit qu'elle était la mère de ce garçon appelé Eudes, celui du Pilier sud, et qu'il l'avait chargée d'un message pour moi. Ah bon ! ai-je répondu distraitement en vérifiant un mousqueton, évidemment je m'en souviens, un excellent grimpeur ! et quel message ? Cette femme était là assise dans la neige, épuisée par l'ascension, elle grelottait dans les vents contraires qui soufflent sans arrêt à cet endroit où il n'y a que des abîmes. Il a appris le farsi, le pachto et d'autres langues ; il a une femme merveilleuse ; il a voyagé partout ; mais il vous confirme que ce jour de la traversée des Écrins était le plus beau jour de sa vie. J'étais ému. Il n'y avait pas de cadeau pareil à celui qu'elle venait de me faire. J'ai baissé la tête en murmurant : Faites attention, tenez votre piolet, il va partir dans la pente.

Quand je racontai cette histoire à Lorenzo il resta songeur, puis me demanda s'il pouvait en faire un sujet de roman. Bien sûr, dis-je, mais c'est une histoire banale, une course en montagne, voilà tout, un peu difficile sans plus, et cela n'a rien d'extraordinaire, je t'en ai parlé seulement parce que ce garçon m'a touché – sa ferveur m'a touché. Lorenzo écrivit alors ce livre dont le titre était *Une journée de grâce*, qui racontait précisément cette course en haute montagne. C'était un hymne au temps suspendu, à l'événement personnel et intérieur capable de transformer l'existence en profondeur. Il décrivait de façon simple et émouvante les joies et les battements de cœur, la peur de la mort et l'exaltation de la vie triomphante. Cette journée en sa perfection, enchantée, comportait tout ce que l'existence recèle de tragique et de magnifique, la beauté sauvage et aristocratique de la nature à l'état brut et le risque encouru et maîtrisé à chaque instant et l'attente fiévreuse du sommet et la solidarité physique de la corde qui unit les destins et le sentiment à la fois d'être tout et de n'être rien et le bonheur de l'inutile. Je le lus d'une seule traite, sidéré. Lorenzo n'avait jamais fait le Pilier sud, et je n'avais jamais proposé de l'y emmener. Son niveau en rocher n'était pas suffisant. Le courage et le flegme, qu'il possédait en abondance, ne suffisent pas, il faut de la technique et puis l'endurance d'un corps déjà bien entraîné. Et cependant, dans ces pages il racontait la course avec les détails intimes et familiers qu'il n'avait certainement pas trouvés dans le guide Labande. Il décrivait les petits espoirs et les déceptions minuscules, les inquiétudes, quand le piton n'est pas fiable, la corde trop courte, le ciel encombré, le vent du mauvais côté. Il représentait ce garçon inconnu, qu'il appelait Achille, avec la psychologie caractéristique du grimpeur passionné, avide de sensations et d'aventures aussi intérieures que visibles, un être à fleur de peau, expert en beauté et en existence, amoureux du monde et immodérément solitaire. Il racontait la course avec ses petits micmacs techniques lourds de sous-entendus concernant le danger vital présent à chaque pas, ses angoisses intérieures et la solidarité permanente, la communauté irréfutable et sans nuance que crée une corde reliant deux êtres à la vie si exposée. Il décrivait le cœur battant sous la dalle en surplomb, la peur de l'échec et, finalement, l'entrée triomphale et d'un seul pas dans l'aveuglante clarté du jour, puis le dévalement joyeux sur la neige déjà fraîche, le sentiment d'exaltation et la fatigue enivrante.

Ce livre eut du succès, il obtint même le prix Bagutta, et fut traduit aussitôt en plusieurs langues. Lorenzo me raconta que ses amis avaient organisé une soirée à Rome pour fêter l'événement, qu'il avait été sommé de faire un discours, et qu'il avait raconté ses journées en montagne avec son ami Chris, le guide. Tu aurais dû être là, puisqu'il n'était question que de toi, mais il est vrai que tu ne veux jamais venir chez moi, dit-il en se moquant, et je sentis derrière une tristesse et même une rancœur. Lui voyageait tout le temps et toujours c'était lui qui venait me voir. Je ne bougeais pas. Je ressemblais à ces vieilles douairières qui se prennent pour des impératrices et qui, sûres de leur souveraineté, reçoivent gracieusement leurs amis mais ne condescendent jamais à leur rendre visite. D'ailleurs, je ne sors pas de nos vallées. Quand j'étais enfant, mes parents m'ont emmené une fois à Marseille. Enfin, ils me le racontent, car je n'en ai aucun souvenir. Lorenzo m'exhortait à aller le voir à Rome. Tu connaîtras mille choses, disait-il. À quoi ces connaissances-là peuvent-elles servir ? Je me le demande.

Or, quelques mois plus tard, alors que le livre recevait partout des échos favorables, Lorenzo reçut par l'intermédiaire de son éditeur la lettre d'un inconnu, sous cachet de l'ambassade de France :

« Monsieur,

Vous avez volé mon histoire. Je souhaiterais connaître les circonstances de ce brigandage. Mais il me paraît compliqué d'en parler autrement que de vive voix. En ce moment je suis à Kaboul, d'où je ne puis partir avant longtemps. Si vous n'avez pas peur d'une ville en guerre, retrouvez-moi ici pour quelques jours, vous pourrez donner quelques conférences à des francophones exténués, qu'un peu de littérature ressusciterait. Je suis votre fidèle lecteur.

Eudes L.

P.-S. : si vous acceptez, je vous envoie aussitôt des billets sur les vols de la semaine prochaine. »

Lorenzo était libre comme l'air, et jamais empêché de rien, puisqu'il écrivait aussi bien dans les aéroports ou dans les avions que devant son bureau. Il accepta aussitôt, et la semaine d'après il partait pour les Émirats. À ce moment-là il fallait faire escale à Abou Dabi, puis embarquer en pleine nuit dans un petit appareil qui vous mettait au matin à Kaboul, toujours dévasté. Eudes L., qui était alors attaché culturel à l'ambassade de France, se tenait là à l'attendre, et Lorenzo reconnut ce calme regard gris, dans lequel flottait une sorte de bienveillance admirative. Il comprit que l'histoire du brigandage était un guet-apens pour le faire venir, et il joua le jeu. Il avait bien l'habitude des conférences organisées à l'étranger par les ambassades, et il se doutait qu'aucun écrivain n'acceptait en ce moment de se rendre dans un endroit aussi incertain. Ils traversèrent en voiture blindée les lieux ravagés, où la soldatesque régnait partout, et s'installèrent dans l'ambassade réduite à l'état de forteresse assiégée. Lorenzo resta là trois jours, le temps d'évoquer la littérature contemporaine avec un petit public attentif et souffrant de névrose obsidionale, le temps aussi de faire quelques visites culturelles à l'extérieur, sous bonne garde. Il demanda s'il pouvait assister à l'office catholique, il n'y avait qu'une messe le dimanche, à l'ambassade d'Italie, où le prêtre célébrait cerné de très près par deux soldats armés. Lorenzo parla ensuite en italien avec le prêtre, un compatriote, qui regardait la situation avec un mélange de rire et de fatalisme. Mais surtout, il passa deux soirées entières avec Eudes. Celui-ci espérait entendre raconter l'histoire du livre, et il ne fut pas déçu. Il posa à Lorenzo une multitude de questions sur moi : étais-je toujours heureux de ce métier ? y avait-il trop de touristes pataudes et sottement admiratifs, que l'on traîne pour gagner son pain et en espérant qu'ils se taisent – ou pas assez ? ma santé était-elle bonne, au moins ? avais-je une famille ? est-ce que je versais encore du vin rouge dans la soupe ? est-ce que la voie que nous avions empruntée était maintenant complètement équipée, ou fallait-il encore placer à certains endroits ses propres pitons ? et aussi, de manière impromptue : Chris croit-il encore en Dieu ?

Bref, me dit Lorenzo, je crois que tu es resté pour ce garçon une sorte de héros. C'est toi qui aurais dû aller à Kaboul. Eudes s'intéressait davantage à la réalité qu'au récit ! Je grommelai que jamais, au grand jamais je n'irai dans des lieux pareils, et dans aucuns lieux, d'ailleurs.

On l'envoya aux quatre coins de l'Asie, accompagné d'un photographe, pour écrire des reportages sur les moines de Luang Prabang ou les masques malais. Parfois en Amérique latine, tantôt en Amazonie chez les orpailleurs et tantôt dans les ruelles dénaturées des faubourgs de Caracas. Un jour, il rapporta à Camille un collier acheté au musée de l'Or de Bogota. Un cadeau magnifique. Elle le remercia d'un entrechat si affectueux, il lui fit en échange un salut si caressant que je le crus un instant – avec effroi – amoureux d'elle. Mais j'avais encore bien des choses à comprendre. Il était séduit par le personnage de roman qu'elle pourrait devenir, et il en choyait l'image par pur enchantement. Je saisis cela quand le soir même il me dit sans préambule : Jamais je ne ferai de Camille un personnage.

On avait l'impression que la réalité le quittait par lambeaux, pour se déposer sur le papier. Car l'histoire n'était jamais la réalité exactement, mais elle la purifiait et la sublimait. Un jour, pendant une montée au rocher de l'Yret, je lui dis que j'avais reconnu un habitant de la vallée, un vieux berger haut en couleur, dans le héros de son dernier roman, et il ne me contredit pas. Comme un peu plus tard nous redescendions sous le sommet pour échapper au vent et commencions à dévorer notre pique-nique, je murmurai : J'espère ne jamais devenir l'un de tes personnages. Il parut surpris – ou peiné : Bien sûr que non ! et il eut un geste qui signifiait « évidemment pas » ou « jamais de la vie », ou « pour qui me prends-tu ? ». En vérité j'avais parlé par plaisanterie.

Faire de moi un personnage aurait été une espèce de trahison, et je l'en savais tout à fait incapable. Le pouvoir des mots est puissant, menaçant, meurtrier. Mais je ne craignais rien de lui. De même, il ne craignait rien quand il se balançait sur la paroi au bout de ma corde, dans un sentiment de sécurité céleste. Je sentis qu'il était en train de faire, intérieurement, la même comparaison. Je plaisantais, ajoutai-je. Il répondit : Je sais. Et nous descendîmes dans le Midi torride.

Une fois, une seule fois, Lorenzo vint chez nous avec une femme. Il me téléphona avant : il fallait que je supplie Jeanne, la patronne de l'hôtel, de lui garder la plus jolie chambre, qu'il avait repérée l'année d'avant, avec une vue imprenable sur les glaciers. Je lui obtins cette chambre et l'attendis avec impatience, parce que j'étais sûr que cette femme était « la seule ». Lorenzo ne se serait pas permis de venir chez nous avec une de ses maîtresses. Il savait que je l'aurais reçue aimablement, mais avec cette indifférence polie qui supposait le pire dédain. Il connaissait mes convictions sur le mariage. Finalement, lui disais-je en me moquant, c'était lui qui lisait Dante, mais c'était moi qui créais Béatrice. Je considérais la vie à deux comme une espèce de mission. Je dirais même, comme un sacerdoce. Moi, simple guide de montagne ignorant du vaste monde, je ne pouvais vouer ma vie ni à découvrir un continent ni à combattre des barbares – mais je pouvais au moins m'occuper de Camille, la rendre heureuse, projet minime, mais adapté à la petitesse de ma personne. Au fond, j'étais un tâcheron, un homme simple et sans gloire, mais fidèle. J'avais bien l'habitude de penser à la mort et mon existence me paraissait un fétu. Pour n'avoir pas été tout à fait inutile, je pouvais au moins faire ça : prendre un être en charge et le porter sans faiblir jusqu'au bout, quelles que soient les circonstances. Voilà ce que je pensais. Là où Lorenzo voyait des joies fugaces, je voyais une vocation. Il jugeait mon point de vue excessif mais il n'aurait pas voulu me faire de peine. Ainsi, quand il m'annonça pour la première fois qu'il arrivait avec une femme, je sus que c'était l'unique.

D'habitude il arrivait en stop, parfois en bus – il refusait presque toujours que j'aille l'attendre à la gare. Là, ils arrivèrent en taxi. Ce petit luxe était éloquent – Lorenzo d'ordinaire vivait comme un ours, il était débraillé et distrait, perdait ses affaires en marchant, et ne s'occupait de personne. La jeune femme s'appelait Alma, elle était très belle, avec un air nocturne et un froncement de sourcils, on l'aurait dite poursuivie par des points d'interrogation. Lorenzo était affairé, heureux, inquiet. Je les invitai, les reçus, mis les petits plats dans les grands mais pas trop. Elle attendait beaucoup de ces paysages de montagne, qu'il lui avait décrits comme l'antichambre du paradis, et elle ne fut pas déçue. Nous sommes allés à Rascrouset, et même aux Agneaux, elle s'est fort bien débrouillée dans la dalle du sommet et sur le glacier du Monêtier, qui pourtant n'était pas solide ce jour-là. Je me multipliais pour leur bonheur, comme si j'avais été une sorte d'entremetteur. Je m'entendais bien avec Alma, qui acceptait toutes les aventures, ne craignait pas l'inconfort ni la fatigue, et se contentait de peu. Mais je remarquai qu'elle dévisageait Lorenzo avec une sorte de désarroi.

Un jour, je venais pour les prendre à l'hôtel et commençais à monter l'escalier quand je m'entendis appeler. C'était Alma, installée sur la terrasse, seule, coiffée d'un grand chapeau de paille, elle me fit signe et m'invita à venir prendre un verre avec elle. Je m'installai et commandai un Martini. Elle était charmante avec sa robe d'été, quel beau couple ils font, pensais-je, et je me réjouissais pour Lorenzo, il a enfin trouvé une fille à sa taille – bientôt je serai témoin. Lorenzo n'est pas là ? demandai-je. Non, non, il est resté dans la chambre, il écrit, il viendra pour le déjeuner. Elle disait cela sur un ton badin, trop badin peut-être, et j'eus un vague pressentiment. Alma était en train de lire quand elle m'avait aperçu, le livre était sur la table : *Le Cheval Rouge* d'Eugenio Corti, et je m'esclaffai. Vous l'avez lu ? demanda-t-elle. Bien sûr, Lorenzo m'en avait offert un exemplaire en français, un beau livre, surtout les chapitres sur la guerre en Russie qui sont très émouvants ; en revanche je n'ai pas beaucoup aimé la fin… voyez-vous, Alma, je ne crois pas aux anges. Elle rit : oui, mais c'est un livre italien ; vivre en Italie et ne pas croire aux anges, ce serait comme enseigner dans une école et prétendre qu'on ne croit pas à l'existence des enfants…

Alma était née et avait vécu à Florence. Elle savait bien que je ne souhaitais pas voyager. Elle me racontait Florence et l'Italie comme on le fait pour un conte, et cette fois encore, elle me décrivit la bibliothèque Laurentienne dans laquelle elle travaillait, et quelques aventures qui s'y étaient déroulées. Ici aussi, c'est beau, dis-je, et je montrai l'échancrure du glacier des Violettes entre les deux pointes du Pelvoux, là-haut, à presque quatre mille mètres. Un jour avec Lorenzo, dis-je, nous devions avoir quelque chose comme seize ans, nous sommes allés bivouaquer là-haut sur le creux du glacier, pour pouvoir correspondre en morse, la nuit, avec des camarades restés dans la vallée. Cela a fonctionné merveilleusement. Nous avions emporté de quoi nous préparer des pâtes à la bolognaise – une idée de Lorenzo, évidemment, et une lampe puissante. Nous avons dû attendre la nuit, et il faisait un froid de loup. Il fallait bien avoir seize ans pour des équipées pareilles. Je crois n'avoir jamais été aussi heureux que cette nuit-là. Alma me regardait avec douceur : Je comprends bien, dit-elle, à quel point vous avez dû être heureux. Vous savez, il y a des amoureux de l'Afrique et puis des amoureux de l'Asie, c'est là la différence entre nous. Comment ? Je ne comprenais pas. Eh bien, l'Afrique est un continent sauvage, où la nature submerge tout ; les déserts, les savanes, les jungles, y sont toujours plus denses que les institutions. Tandis qu'en Asie les mots et les rites dominent la nature et la soumettent constamment. Pour moi, je ne connaissais ni l'une ni l'autre : Je préfère l'Afrique, affirmai-je. Elle rit : C'est bien ce que je voulais dire ! Puis, sans transition, sur le ton d'un conteur qui formule une énigme, d'une manière pensive et interrogative, elle murmura : Croyez-vous, Chris, qu'une femme puisse s'attacher à Lorenzo ?

À cet instant, je compris que Lorenzo m'était remis pour toujours. Personne ne serait à l'avenir plus proche de lui que je ne l'étais. Je devrais entendre ses secrets, même informulés, et veiller sur lui. Cette fragilité que mon intuition m'avait laissé voir éclatait dans la demi-phrase d'Alma, pourtant si équivoque. Lorenzo arriva sur ces entrefaites, et demanda de quoi nous parlions. Nous avions une discussion géographique, dis-je. Il rit, commanda un panaché. Tout allait bien et pourtant j'avais compris que tout était défait. Quelques jours plus tard, il m'annonça, en venant à ma rencontre devant l'hôtel, qu'Alma l'avait quitté.

– C'était écrit, dit-il, comme résigné.

– Mais pourquoi ?

– Parce que je ne suis pas doué pour les autres, voilà pourquoi.

– Je ne comprends pas.

– C'est bien simple : je ne fais jamais ce qu'il faut. Elle dit que je suis ailleurs.

– Elle a raison. Seulement, pour vivre ensemble, il faut être ici.

– Sans doute. Elle dit qu'elle ne pourra jamais cohabiter avec mes romans, qui sont comme des mondes séparés et mystérieux dans lesquels je suis plus heureux qu'ici. C'est bizarre : autrefois, et même il n'y a pas si longtemps, les écrivains trouvaient bien une épouse qui s'occupait d'eux et acceptait ces mondes séparés. Et puis un jour ou l'autre, quand ils avaient obtenu un prix ou je ne sais quoi et qu'ils devaient prononcer un discours, ils n'omettaient jamais de citer l'épouse fidèle qui, muette et soumise, leur avait permis de créer ces mondes. Lorenzo réfléchissait. Mais il est vrai, dit-il que ce type de femme ne doit plus exister. Goethe expliquait cyniquement que son épouse avait une fonction exclusivement ancillaire…

– Je me fiche de Goethe, répliquai-je, fâché. C'est obscène ce que tu dis. Si tu ne peux rien partager, tu n'as qu'à rester seul dans ton désordre, ta vanité et ton insolence.

Jamais je ne lui avais parlé ainsi. Au vrai, je regrettais Alma d'une double façon. D'abord parce que j'attachais une grande valeur à la vie de famille, et savoir que Lorenzo en serait privé me consternait. Mais aussi, parce que j'aimais beaucoup Alma, et j'avais imaginé quelles merveilleuses vacances nous aurions tous les quatre, pendant des années – j'avais même commencé à réfléchir sur le moyen de trouver une maison pour eux. Bref, j'avais pris, en rêve, des décisions à sa place, et j'étais déçu. Et puis, Lorenzo sans attaches ni devoirs me faisait un peu peur, comme un enfant trop doué et fantaisiste dont on se sait responsable. Il pouvait tomber dans n'importe quel mirage, et cela sans rien dire puisqu'il ne disait jamais rien. Bref, la présence d'Alma m'aurait rendu la vie plus facile. L'amitié de Lorenzo était un cadeau royal que l'on payait à un prix d'inflation.

Finalement, je lui demandai de m'excuser pour avoir été trop agressif, je lui demandai aussi d'oublier Goethe et son fantasme. Je ne pus m'empêcher d'ajouter ironiquement que Camille accepterait peut-être de lui raccommoder ses chaussettes, ce qui le fâcha plus encore que le reste. En tout cas, ce fut la première et la dernière fois que je le vis accompagné par une femme.

Cependant, et c'était très curieux, il ne se départit jamais de cette certitude qu'Alma était la femme de sa vie. Il n'avait pas su la garder, certes, et il s'avouait incapable de la rendre heureuse, mais dans ce vide il lui conférait la place impériale. Elle était cette enchanteresse qu'on aurait côtoyée dans une autre vie. Certes, Lorenzo n'était pas doué pour les autres, mais il était doué pour les rêves. Un jour, en allant le chercher dans sa chambre, je vis sur le bureau une petite photo, une photo d'identité où elle souriait à peine, comme surprise par le flash ; il l'avait glissée dans un médaillon ovale, encadré par un entour doré. Le tout était désuet et émouvant comme lui. Dorénavant, il glissait ce médaillon dans son portefeuille, ou le cas échéant, dans la poche avant de sa chemise. Même en montagne, il l'emportait. Cette fille charmante et sensible, dont il n'avait pas su faire une épouse, était devenue un talisman.

J'ai longé le glacier du Monêtier sur cette crête neigeuse et désolée, aux abords verglacés, rôdant longtemps autour de la pointe des Arcas où nous avions quelques souvenirs de glorieux fous rires. J'ai descendu une partie du glacier Séguret-Forant en ramasse, la neige était bonne, tout en observant les lieux. Il y avait là-bas un trou suspect, j'ai détourné mon chemin pour aller voir, non ce n'était rien, une ombre, peut-être une crevasse cachée, aucune trace récente. Après le ressaut, je suis arrivé à l'aplomb du lac. Les dernières pentes du Séguret-Forant étaient raides, si bien qu'en milieu de journée, il n'était pas rare que des pans de séracs s'écroulent dans les eaux du lac avec un bruit d'apocalypse. Je me suis trouvé à l'intersection des deux voies de descente. Lorenzo n'aimait pas ce lac : il disait qu'il n'avait pas de regard. Qu'est-ce que cela signifiait ? Il voulait dire la profondeur qu'on soupçonne dans les yeux d'un être mystérieux. Les eaux du lac vert ardoise ne laissaient rien paraître. On aurait dit une piste de danse ou, au mieux, un miroir sans tain. Il ne disait rien de lui-même. Lorenzo l'avait décrété inintéressant, et ne passait jamais par là. Son itinéraire favori de descente était le Séguret d'Avant, un petit glacier plus à l'ouest, presque ignoré, et pernicieux. C'est là que je me suis dirigé, vers la brèche Gardiner qui formait passage. Il fallait un rappel, je l'ai posé et suis descendu, j'ai rapatrié la corde et je me suis retourné pour inspecter les lieux, sauvages, et habités seulement par le désespoir. C'était un coin retiré, perdu et insalubre, un petit glacier ou plutôt un reste de glacier brisé, hérissé, lamentable, abandonné et insignifiant. Bref, l'endroit qui par excellence n'intéresse personne. En lovant ma corde, j'ai été saisi d'une soif inextinguible, aussi profonde que ma peur et mon inquiétude. Je me suis assis sur une pierre et j'ai débouché ma gourde. On ne risquait pas de rencontrer des cordées par là. Personne n'y allait jamais, et moi non plus, car aucun client ne réclamait cet itinéraire. Il n'y avait que des chamois. J'en ai aperçu deux, une mère et son petit, qui broutaient l'herbe rare dans une attitude de parfaite sécurité, j'ai sorti mes jumelles et me suis attendri. Une vague de douceur dans cette journée sinistre. Puis j'ai levé les yeux et vu ces lieux dévastés et déserts, j'ai imaginé de grands trous recouverts d'herbe tendre, et le cadavre de Lorenzo sous des vols de choucas. Dans ces parages, nul espoir de secours en cas d'accident. J'ai fouillé en tous sens ce petit glacier décharné, hérissé de rochers et privé de sentier par l'extrême solitude des lieux. Je me suis mis à appeler Lorenzo, comme s'il était étendu derrière un rocher, blessé. J'ai crié son nom plusieurs fois, cela me rassurait dans ces lieux ingrats, et le nom m'est revenu en écho, écorné, détérioré. Les chamois se sont enfuis, et il en est apparu trois autres, des mâles cette fois, sur la crête. Enfin j'ai décidé de descendre, et me suis engagé dans les éboulis sans chemin qui mènent vers Chambran. Une longue descente, et austère, sur les champs de pierres jaunes.

En février de cette année-là, nous attendions un deuxième enfant, un garçon. Au milieu de notre joie exubérante, juste après la naissance, le médecin nous annonça une maladie grave. Tout alla très vite. Nous eûmes à peine le temps de faire la connaissance de ce bébé qu'il nous quittait déjà. Pendant que des bourrasques de neige balayaient la rue, nous dînions tristement, Camille sortant tout juste de la maternité, et le petit cercueil dans la chambre d'amis. Je la persuadai de prendre un somnifère et l'accompagnai dans la chambre, quand j'entendis un bruit en bas. Je crus que c'était mon père, il entrait souvent en coup de vent, le soir, pour embrasser Louis. En arrivant dans l'entrée pleine de skis et de cordes, je vis Lorenzo, assis sur le petit banc.

Ma mère avait dû le prévenir, pensai-je. Elle l'avait sûrement joint par téléphone. Comment était-il arrivé, si vite, alors que cette angoisse ne durait que depuis trois jours ? Il est très difficile de venir ici. Depuis longtemps nos vallées sont oubliées des dieux et des autorités, les rares trains rappellent des tortillards inénarrables qui s'arrêtent partout pour les bonnes et les mauvaises raisons, les gares ressemblent à celles du Far West avec leurs rails herbeux, leur guichet vide et leur désarroi. Comment était-il arrivé ? Je remis la solution de cette énigme à plus tard, quand je ne serais plus accablé de souci et d'angoisse. Et il était entré pendant que nous dînions. Nous ne fermions jamais les portes des maisons. Nous partions pour la journée, même pour plusieurs jours, sans rien verrouiller. À une époque, j'avais finalement perdu la clé. J'ai dû la chercher et la trouver pour m'en servir lors d'une visite de l'assureur. Imaginez qu'un assureur trouve votre logement sans protection : il doublera son tarif. Ainsi nous devions nous barricader face aux gens payés pour nous protéger, pendant que nous laissions porte ouverte face à ceux qui auraient pu nous cambrioler. C'était du bon sens. Il n'y avait nul cambrioleur à la ronde, et on n'en avait jamais vu. Au village, chacun de nous connaissait par cœur chaque chose, chaque bête, et chacun. On pouvait marcher dans les chemins de jour ou de nuit sans craindre personne. C'était ainsi que Lorenzo était entré dans la maison comme tout le monde, comme le faisaient mes parents ou les frères de Camille, c'est-à-dire sans permission ni coup de sonnette. Seulement, au lieu de gravir aussitôt l'escalier qui menait au salon, il s'était installé là, en bas, sans rien dire à personne.

Il me jeta un regard tourmenté, se tut et baissa aussitôt la tête, pour me signifier qu'il ne demandait pas d'entrer, ni de parler, ni de participer à rien, mais qu'il souhaitait demeurer sur le bord des événements et sur le bord des lieux, peut-être comme un témoin muet ou comme un rempart pour me préserver ou comme une sentinelle. Je m'assis à côté de lui sur le petit banc étroit, juste fait pour lacer les souliers, et il me prit le bras. Comment va Camille ? demanda-t-il, et je lui dis que je ne savais pas, j'ignorais ce qu'elle pensait présentement et dans quel état de désespoir elle se trouvait, si sa sérénité cachait le calme ou la tempête. Une évidence ma sauta aux yeux. Bien sûr, je chérissais Camille. Je savais tout d'elle, évidemment. Mais trop souvent, son âme m'échappait. Tandis que je connaissais l'âme de Lorenzo.

Il n'y a pas de coup plus barbare, dis-je. Cet enfant qui a été un météorite, un déjeuner de soleil.

Je pleurai sans honte devant lui, je pleurai pour Camille plus que pour le bébé, au fond ce bébé je ne le connaissais pas, et puis je pensais que nous en aurions un autre, qui serait plus ou moins interchangeable, et en même temps cette pensée me culpabilisait et mes pleurs redoublaient. À travers mes larmes, je regardais par la baie de l'entrée les pentes de Puy Aillaud sous les étoiles de la nuit d'hiver, je craignais que Camille ne sorte jamais de ce chagrin qui emportait tout. Lorenzo suivit mon regard, leva les yeux et dressa un doigt vers les sommets qu'à cet endroit on ne voyait pas : Tu as raison, Chris, c'est ici le meilleur endroit pour attendre le Jugement dernier ; juste derrière l'Ailefroide orientale, là-bas, surgiront au moment ultime les cavaliers de l'Apocalypse, et les cavaliers de la miséricorde. Je me demandai où il était allé chercher ces cavaliers de la miséricorde. C'était sa façon à lui de me consoler, de me divertir, bref, de m'aimer en ce moment critique. Pourquoi l'Ailefroide orientale ? demandai-je, oubliant le bébé pour un instant. Ah ! cette aile de glace qui surgit toute seule dans le ciel vide, au-dessus de ravins effrayants... c'est bien de là, je t'assure, que... il disait cela les sourcils levés, sur un tel air d'évidence que j'éclatai de rire. La nuit tomba. Nous demeurions là dans l'entrée inconfortable, assis devant les paires de skis, les piolets et les godillots, les crampons et les baudriers suspendus. L'air sentait la sueur et la poussière. Je suis monté un moment pour m'assurer que Camille dormait, et pour nous préparer deux sandwiches dans la cuisine. Puis nous sommes restés là toute la nuit, l'un contre l'autre sur cette banquette. Nous avons un peu dormi, je crois, par intermittence, la tête de l'un tombée sur l'épaule de l'autre. Et parlé, de Raffaele, et de Louis. Au petit matin, nous avons entendu un bruit au-dessus. C'est Camille qui se réveille, dis-je, je vais y aller. Lorenzo me dit qu'il devait partir, qu'il allait embrasser Camille et Louis et puis rentrer à Rome où il avait une signature le lendemain. Ensuite je me suis demandé souvent… qui l'avait prévenu ? Ma mère sans doute, qui avait dû lui téléphoner quelques jours avant, quand le médecin avait annoncé l'issue prévisible. Mais comment était-il venu ? Il ne conduisait pas, je l'ai dit. Je supposais qu'il avait payé un taxi coûteux depuis l'aéroport ou la gare de Turin. Je n'eus jamais de réponse à cette question. Il était là, voilà tout.

Lorenzo quittait ses pages vers la fin de l'après-midi, et marchait jusqu'au pont Saint-Ange. Souvent Raffaele se trouvait là, en dessous de cet ange au fouet qui proclame : « Je suis prêt au châtiment », et qui, en dépit de cette menace, offre un visage doux et presque débonnaire, ses grandes ailes ouvertes au vent du Tibre. Il le repérait aussitôt, lové contre le parapet, les yeux mi-clos, plus ou moins endormi peut-être, comme sont les clochards à moitié morts. Il se penchait. Raffaele avait toujours été beau, ou plutôt, extraordinairement séduisant, et il le restait dans cette situation sinistre. En dépit de tout, il y avait quelque chose de triomphant dans le regard qu'il adressait à son frère. Lorenzo ne posait pas de question – toute question eût paru un reproche. Il apportait une couverture, un repas et de la Ventoline. Il soustrayait adroitement la couverture sale, qu'il allait emporter avec lui pour la faire nettoyer ou la brûler. Il posait sur le trottoir le repas et la Ventoline. Il ne restait pas, ou pas longtemps. Il se détournait vite, reprenait sa marche en murmurant *Pardon, Pardon*, à l'adresse de ses parents absents, n'avoir pas su sauver son frère lui paraissait une faute substantielle, comme une sorte de meurtre, il arrivait qu'il se prenne pour Caïn, et il se cognait en partant à tous les anges du pont. Il faisait des cauchemars de jour comme de nuit en imaginant Raffaele secoué par une crise d'asthme et privé de secours devant son parapet. Voilà ce qu'il me racontait alors au téléphone, avec une espèce de fièvre, comme on décrirait une guerre perdue, une ville bombardée, ou le crépuscule d'une histoire d'amour.

Louis est adorable, me disait Lorenzo. Si intelligent et curieux, si attachant. Je peux l'emmener en montagne, quand tu travailles. Je le ferais volontiers, tu sais.

Mais j'hésitais à répondre. Je ne sais pas comment te dire ce que je ressens. Voilà : j'ai tout le temps peur. Sur ces sentiers que je connais par cœur, dans ces lieux qui sont les miens, mon monde dans tous les sens du terme, j'ai peur. Voilà Louis qui marche sur la moraine du glacier noir, entre deux pentes, et je l'imagine glissant d'un côté, se cassant la jambe, ne parvenant pas à se rattraper, et finalement se brisant la tête sur une pierre. La semaine dernière je l'ai emmené au Rocher de l'Yret, et sur le chemin au-dessus du lac, je le voyais tombant dans les eaux glacées en contrebas, disparaissant à mes yeux dans un remous de vase. Je lui fais faire de l'école d'escalade sur nos rochers préférés d'Ailefroide (il adore ça), et pendant que je l'assure je le vois descendant à l'envers la corde enroulée autour du cou, et tombant vers moi pauvre cadavre inanimé. Tu vois, je suis terrifié à l'idée que je pourrais le perdre, lui aussi. Et mes craintes sont peut-être égoïstes. Je suis convaincu que si je perdais Louis en montagne, Camille ne me le pardonnerait jamais. Elle me quitterait aussitôt. Cette idée me terrorise. Aussi je protège Louis plus que de raison. Je l'encorde là où ce n'est pas nécessaire. Il s'impatiente. Il a dix ans, après tout. Tu te rappelles ce que nous faisions à dix ans ? Ah oui, dit Lorenzo avec nostalgie ; mais tu ne peux pas le couver comme ça. Je sais, dis-je, et c'est pourquoi je m'en suis ouvert à Camille. Je lui ai raconté ce frisson qui me parcourt dès que Louis se trouve sur une petite pente, et l'horreur absolue de penser qu'elle pourrait, elle, me quitter. Je lui ai tout raconté, autant que je pouvais décrire des sentiments pareils. Elle m'a dit qu'elle ne me quitterait jamais, jamais, quelle que soit la situation. Et qu'elle ne voulait pas que Louis devienne une poule mouillée à cause des craintes de son père. Il n'est pas responsable de la mort de son frère, insistait-elle. Il a besoin lui aussi, comme tout enfant, de prendre des risques pour grandir. Je suis parti au Pic du Loup avec lui, un peu rasséréné. Mais là-haut, quand il a fallu traverser les pentes d'ardoises glissantes, je parvenais à peine à maîtriser ma panique. Maintenant il voudrait que je l'emmène au refuge du Sélé. Rien que de l'imaginer dans cette barre facile, que n'importe quel enfant de son âge franchit en sifflotant, je suis paralysé de terreur.

Si tu veux, dit Lorenzo, dans quelques jours je l'emmènerai au Pic d'Arsine. Il est assez grand pour faire la connaissance du glacier. Ainsi, tu ne seras pas là pour le voir enjamber les crevasses. Et je lui apprendrai d'en haut les noms des sommets.

Ainsi, c'est avec Lorenzo que Louis fit sa première course de glacier. En rentrant, fou de joie et de fierté, il prétendait avoir vu les étoiles de midi. Il les avait plutôt rêvées, le Pic d'Arsine n'est qu'à 3 300 mètres d'altitude et il faut monter plus haut pour observer ce phénomène merveilleux. Mais je ne le lui ai pas dit, naturellement. Parfois les mirages sont plus vrais que la réalité. Les nuits suivantes, il en parlait sans cesse dans son sommeil. Je le trouvais le matin au milieu de ses rêves d'étoiles, éparpillés.

À la fin de cette histoire, nous n'avions pas tout à fait quarante ans, Lorenzo et moi. Cette année-là j'avais fait trois fois la traversée de la Meije avec des clients et ouvert une voie nouvelle dans Scialouze, et Lorenzo qui rentrait de Somalie travaillait à un immense roman dont les rebondissements l'étonnaient lui-même, comme si les personnages avaient pris leur indépendance. Ce roman racontait, me dit-il, l'histoire d'un chasseur de pierre, je ne savais pas ce que signifiait cette expression et ne le sus jamais, puisque le texte est resté inachevé – il me l'avait dit : On meurt toujours avec un livre ouvert. Après des années d'errance, Raffaele avait finalement été recueilli par les saints de Sant'Egidio qui avaient réussi à le persuader de fréquenter un psychiatre, un formateur professionnel et un maître de stage. Lorenzo l'avait installé, fragile et désormais silencieux, dans l'appartement du Panthéon pendant que lui-même louait un trois-pièces sur la Via del Pellegrino, non loin du marchand de fleurs du Campo de'Fiori. Raffaele n'était pas encore capable de se charger lui-même de sa Ventoline. Mais il terminait ses études de droit avec plus ou moins de bonheur et quelques espoirs d'avenir. Penchée au-dessus de ses confitures, ma mère entendait ces nouvelles avec ravissement.

Aller au Coolidge. C'était la course préférée de Lorenzo. Chaque année il y allait, et presque toujours seul. On court des risques à se balader sans compagnon de cordée sur le glacier Noir tout crevassé et sur les pentes supérieures, d'autant que généralement, il n'y a pas grand monde dans les parages. Il suffit d'une mauvaise chute et on se demande qui viendra vous chercher. Il aurait pu tomber par exemple sous le Fifre, rester étendu là avec une entorse. Ou bien sous la rimaye du Col des Avalanches. Ou bien rester au bivouac de la Temple, victime d'un malaise et incapable de redescendre. J'ai préparé mon sac et suis monté au Pré de Madame Carle. À cette époque on apercevait encore, d'en bas, mais de moins en moins visibles, la retombée du glacier Blanc et ses séracs prêts à s'effondrer.

Dans ce lieu se prépare toujours un je-ne-sais-quoi de fervent et de fiévreux. Cette large vallée pierreuse, enserrée de hautes parois de tous les côtés, est en permanence peuplée par les groupes d'alpinistes qui montent et descendent. Ceux qui descendent longent d'un pas fourbu les rangées de mélèzes et sans s'arrêter se dirigent vers les voitures garées en contrebas. Mais ceux qui montent occupent l'espace d'un affairement incessant. Ils sont assis en cercle avec leur matériel qu'ils soupèsent, vérifient, enroulent, rangent dans les sacs avec un soin méticuleux. En général, ce sont des gens jeunes et terriblement sérieux. C'est même leur sérieux qui les caractérise, et pour ainsi dire les constitue. Je suis resté là un moment à les contempler, ainsi que Lorenzo l'avait fait à l'origine, lors de nos premières courses, quelques vingt-cinq ans auparavant. Regarde, avait dit Lorenzo, à quel point ils sont pénétrés de leur projet, absorbés comme pour une prière. Ils ne parlent pas et regardent à l'intérieur d'eux-mêmes. Leurs gestes sont lents et ne laissent rien au hasard. On dirait qu'ils se préparent à aller conquérir le Graal. On dirait que c'est très important ce qu'ils font et pourtant ce n'est rien. Il n'y a rien de plus vain qu'une course en montagne, toute cette fatigue et tout ce risque pour monter et redescendre illico. Quand encore il s'agit de faire une première, qu'on peut découvrir un nouveau sommet et peut-être lui attacher son nom. Mais là, rien de tel. Inanité et illusion. Pourquoi sont-ils si silencieux et affairés, comme si un grand dessein les hantait ? Que vont-ils chercher là-haut de si grand qu'ils en ont le cœur battant et l'esprit si concentré ? Qu'allons-nous chercher ? Sommes-nous une espèce de fous ? Oui, des illuminés, je crois, fascinés, envoûtés. À cette époque je ne me posais jamais tant de questions. J'avais grandi là, entre la vallée et l'altitude, entre la maison et les refuges. Un de mes oncles qui avait gardé un refuge dans le Queyras, pendant une saison, m'avait emmené avec lui. Je me rappelais cette vie libre au milieu des troupeaux. La haute montagne était devenue pour moi un lieu professionnel, où l'on gagnait sa vie en conduisant des inconnus plus ou moins sympathiques. Mais c'était aussi un lieu secret et séparé, étranger à la terre ordinaire, somptueux et meurtrier, doté de beautés inouïes. On y emmenait des amateurs pour leur montrer une contrée incongrue, inquiétante, qui bordait les terres civilisées et leur servait pour ainsi dire d'exception. On ne montrait en réalité pas grand-chose : le guide faisait faire un petit tour à des clients émerveillés et apeurés, il avait de la chance si le temps était au beau et les conditions favorables. On aurait pu aussi bien envoyer une carte postale. Disons que le client entrait dans une carte postale. La haute montagne c'était bien autre chose : le déroulement des saisons, les caprices de la nature, les transformations des parois et des glaciers, les jours d'orage – et tout cela dans une densité de solitude inimaginable en bas. Cet univers entièrement minéral racontait la solitude infinie des ères géologiques primordiales, quand aucune bête vivante ne peuplait encore la Terre – du moins pouvait-on l'imaginer. J'étais accoutumé à cette étrangeté, et n'y voyais rien d'étrange. J'avais l'habitude de voir mes aînés, à commencer par mon oncle, marcher dans ces lieux des journées entières, pas seulement pour le client, mais aussi pour le plaisir, et je ne m'étais jamais interrogé sur ce plaisir incongru qu'il pouvait y avoir à courir les montagnes sans aucun but. Lorenzo, qui venait d'un autre monde, m'avait ouvert les yeux sur quelques questions auxquelles je n'avais pas songé. Nous partons en pleine chaleur d'après-midi avec un sac lourd, disait-il, pour arriver dans un refuge puant, qui sent les pieds, la sueur, l'urine et tout. Nous nous comportons dans cet endroit dégoûtant comme si nous étions au paradis – en tout cas, tout proches du ciel. Nous dégustons une vieille soupe avec l'air ravi de celui qui mange un homard authentique. Les fruits se sont écrasés dans le sac. Nous dévorons ces rogatons comme au festin. Nous montons dans les dortoirs où nous allons dormir quelques heures, enfin dormir est un grand mot quand on est nombreux à ronfler dans une chaleur épaisse et méphitique. Je dirais qu'on somnole sans conviction. Quand le gardien vient balayer le dortoir avec sa torche en annonçant l'heure et la course : quatre heures pour le Dôme, cinq heures pour les Agneaux, et ainsi de suite… alors on se lève en regardant la nuit noire par la fenêtre, en vérifiant les étoiles du beau temps. On a mal partout, un reste de courbature, une crampe nocturne, on marche hébété jusqu'à son panier de vivres pour attraper le sachet de Nescafé, le pain humide, la confiture en conserve, on avale tout cela au bout de la table, sans parler, avec un reste de sommeil dans les yeux ou plutôt l'ombre du sommeil qu'on n'a pas eu et auquel on rêve. Enfin on boucle le sac, on range le panier à sa place, on attache les lacets des souliers, on récupère son piolet et on sort. Dehors, cette énorme solitude immobile et noire, sous les étoiles un paysage écrasant, à vous décourager de sortir. Et pourtant, on enfourche le sentier raide, à la queue leu leu, la main raidie sur le piolet, la lampe frontale allumée. On est crevé avant même d'être parti. Et on est tellement heureux qu'on ne donnerait sa place à personne : dis-moi si ce n'est pas du masochisme. Voilà ce que m'avait dit Lorenzo quand nous avions quinze ans, un jour que nous nous aspergions au lavoir en redescendant. Toujours ses commentaires me prenaient de court. Il me semblait que penser empêchait de vivre. Je le regardai avec méfiance et en murmurant Peut-être, peut-être, avec un air de dire Tais-toi, tais-toi.

Je me suis installé tôt au bivouac de la Temple pour avoir le temps d'examiner les alentours avant la tombée du jour. Il n'y avait rien qui décelât un mystère. Les campeurs dans la vallée peuvent oublier quelques mouchoirs ou même des canettes de bière. Mais les alpinistes ne laissent pas de traces. Ils ramassent tout en partant. Aussi planait-il autour de la cabane de bois, où j'étais absolument seul, une atmosphère de commencement du monde. J'avais apporté mon réchaud, on ne peut pas se nourrir de pain au jambon pendant des jours, et je me suis fait cuire des pâtes. Je me suis installé devant la cabane avec ma gamelle pleine, et j'ai dîné très lentement en contemplant les faces nord des Ailefroides. Elles étaient toutes noires, énormes, et sinistres. Ici on ne peut jamais se défaire du sentiment que nous sommes une bagatelle ; une brindille. La haute montagne est un lieu interdit à l'homme, trop fragile, trop vivant. Il n'y entre que harnaché comme un astronaute. Ces lieux inamicaux découragent les inconstants et tuent les imprudents. Un lieu sans amour, livré à la beauté nue, dont la violence nous rappelle notre précarité sans nom. On peut, dans une prairie ou dans un bois, se sentir plein de tendresse pour le monde en raison de la floraison de vie qui éclôt partout et jusque sous nos pieds – on a envie d'y construire son foyer. Mais ici, l'immensité morte vous foudroie, vous renvoie à vous-mêmes, à votre insignifiance, vous n'êtes là que pour admirer le sublime et mesurer votre courage. Nul ne pourrait demeurer sur des planètes si inhospitalières, seulement y dresser des séjours précaires, des bivouacs. Les faces nord, imposantes, menaçantes, se dressaient au-dessus de moi comme un tribunal. Qu'as-tu fait ? Tu ne savais donc pas qu'il était à la fois intrépide et fragile ? Et je me suis asséné toutes sortes de reproches. N'étais-je pas son gardien ? Assis là, à très haute altitude dans ce désert minéral, je finis par me considérer moi-même comme un criminel de l'amitié.

Tout pétri de honte et de désarroi, j'ai fait ma petite vaisselle avec l'eau de fonte, car il n'y a rien d'autre en cet endroit, et puis je suis allé sur le bat-flanc me cacher sous la couverture rugueuse et crasseuse, comme pour échapper à l'œil de Caïn. J'ai rêvé que les faces nord me jugeaient et m'accusaient, sans que j'aie droit à aucun avocat. Je roulais dans des abîmes où je cherchais en vain Lorenzo. Le petit Louis apparaissait et me disait : Tu n'as pas le droit de le perdre, Papa. Je me suis réveillé en sueur, alors qu'il faisait un froid de gueux. Je suis sorti sur le seuil. La nuit était profonde, sans lune, hostile. J'ai décidé de partir aussitôt, j'ai fait chauffer de l'eau et avalé un Nescafé. Puis je me suis assis sur le bat-flanc pour enfiler mes guêtres et lacer soigneusement mes souliers, et en me penchant, j'ai aperçu un objet sous la planche. J'ai tendu la main et retiré un livre. Nul besoin de l'examiner longtemps : c'était le Dante de Lorenzo.

Depuis notre enfance j'en avais connu plusieurs exemplaires successifs. Le premier, celui de nos douze ans, était un petit ouvrage relié d'un cuir élégant, de couleur fauve, celui que son père lui avait offert pour l'inciter à lire. Puis il avait eu un autre exemplaire plus lourd et grossier, cartonné de noir. D'autres encore, sûrement. Et enfin celui-ci, très mince, à l'écriture si fine qu'on s'y écorchait les yeux, à la couverture de veau souple. Chacun correspondait à son existence du moment, mais c'était toujours le même texte immortel, et toujours (ce qui m'indignait), les pages étaient raturées, biffées, écornées, c'était pourquoi le livre finissait par rendre l'âme, emmené partout, ouvert sous le vent, recevant l'eau et le sable. Un petit livre broché, où tout le texte tenait sur un papier bible imprimé en caractères étroits, abîmé et taché, bref, vivant. Il arrive qu'un être soit l'enfant d'un seul livre. Lorenzo tenait à son Dante comme mes ancêtres étaient fascinés par la Bible, et les anciens Grecs par Homère. Seul le poème est éternel, pendant que nous ne sommes rien. Des paroles sans commencement ni fin, qui rassurent l'angoisse de nos limitations. Des histoires qui recueillent nos destins, des histoires qui nous racontent plus que nous ne les racontons. Comment avait-il pu laisser échapper un objet aussi précieux ? Il avait dû lire avant de dormir, le poser sous le bat-flanc et l'oublier le matin. Je l'ai glissé à l'abri dans la poche extérieure de mon sac à dos, bien protégé par la fermeture éclair, en pensant : ce livre appartient désormais à Louis ; peut-être que plus tard il améliorera son italien pour pouvoir le lire avec profit – nous habitons si près de l'Italie que beaucoup d'enfants choisissent cette langue, et Louis était du nombre ; et sinon, ce sera pour lui l'héritage secret.

Saisi de stupeur devant l'inéluctabilité de ce que je venais de découvrir, je me suis souvenu alors d'un épisode angoissant qui avait eu lieu l'été de nos dix-sept ans, à l'époque où Lorenzo traînait avec lui un exemplaire bon marché de la *Divine Comédie*, un livre cartonné sans couleur dont les pages se détachaient et déteignaient les unes sur les autres, parce qu'il y avait écrit ses commentaires, dans les marges, à l'encre bleue. C'était un torchon, qu'il emportait partout et avec lequel il dormait. Mais en descendant un jour de Roche Faurio, et alors que nous étions arrivés au Pré de Madame Carle, au torrent de la Momie exactement, il se rendit compte qu'il l'avait perdu, sans doute laissé au refuge Caron où nous avions dormi. Fouillant son sac avec fièvre et de plus en plus désolé, il me fit comprendre qu'il ne pouvait pas vivre sans ce livre, et qu'il fallait aussitôt retourner le chercher. Quoi ? Il fallait quatre heures de montée pour atteindre le refuge, alors que nous avions déjà marché toute la journée. Impossible, bien sûr, de joindre quelqu'un là-haut, les satellites alors n'existaient pas encore. Je regimbai. Tu en achèteras un autre exemplaire, disais-je, pensant à l'aspect lamentable de ce volume qui n'aurait vraiment pas souffert d'être remplacé. Mais Lorenzo ne l'entendait pas de cette oreille. On ne trouvera jamais ce livre ici, et en italien en plus, le texte original. Voyant son désarroi et même sa colère, je compris que nous n'avions pas le choix. Nous rebroussâmes chemin, et nous étions au Caron trois heures et demie plus tard. Le gardien nous assura qu'il n'avait rien vu de tel. Lorenzo retourna toutes les couchettes des dortoirs – comme si quelqu'un là-haut avait pu s'emparer de ce volume pour le lire pendant la sieste, il fallait de l'imagination pour avoir des idées pareilles. Il ne se trouvait pas non plus dans les paniers des repas, ni sous les tables de la pièce commune. Lorenzo s'affolait et me prenant à part, accusait le gardien de l'avoir jeté avec les épluchures, ce qui me faisait rire intérieurement, car le livre ressemblait aux épluchures. Finalement on le découvrit dehors, à côté d'une paire de crampons qui n'appartenaient à personne. Je fus soulagé de voir éteintes cette fureur et cette agitation. Lorenzo parcourut toute la descente avec son Dante à la main, comme si dans le sac il avait risqué de s'évanouir. La saison d'après, je ne le revis plus. Les annotations avaient eu raison de lui. Il ressemblait à ces idoles que leurs adorateurs finissent par désintégrer sous les louanges.

En tout cas, Lorenzo avait dormi là quelques jours avant. Et c'était là qu'il avait disparu. Je suis monté au Coolidge en contournant chaque pierre et chaque monticule, et en jetant des regards partout. Depuis le bivouac de la Temple il y a trois voies possibles. Je les ai longées toutes les trois, à la montée et à la descente, parcourant le trajet plusieurs fois. Finalement je me suis attardé au sommet, ne me résignant pas à abandonner les lieux. En tombant du côté du glacier des avalanches, pensais-je, on devait dégringoler de plusieurs centaines de mètres. Et s'écraser tout là-bas, face au Pilier sud, en un lieu désert et infréquenté pour les siècles des siècles. Quelques choucas devaient s'attaquer au cadavre déchiqueté. Puis les orages le dispersaient. Ensuite les restes étaient ensevelis sous la neige d'hiver. Au printemps, la neige fondait et les avalanches d'éboulis les recouvraient à moitié. Dans quelques siècles, un marcheur apercevrait peut-être au bout de son piolet le résidu arraché, décoloré, d'un portefeuille autrefois grenat. Je suis descendu puis me suis aventuré sur le glacier Noir en des endroits où l'on ne va jamais, il n'y a pas de souricière plus traître, entaillée d'innombrables crevasses partant dans tous les sens. Il a glissé dans une crevasse, pensai-je. On tombe de deux mètres, cela suffit. La chaleur du corps a fait fondre la glace et l'a fait chuter un peu plus bas, coincé, étouffant, incapable de tenter de remonter même si le piolet n'a pas été perdu dans l'accident. Ou bien il a dévalé dans les profondeurs, et s'est trouvé dans de vastes grottes, sépultures aux lueurs magiques. Ou bien il est resté dans le boyau, mais de toute façon, il s'est endormi dans le froid dévorant, assez vite, après avoir léché la glace vive tellement il avait soif. J'aurais voulu au moins lui rendre son livre. S'il était mort de maladie, j'aurais mis le livre dans son cercueil. Quelqu'un m'a raconté qu'à Arequipa, ville des Andes péruviennes entourée de plusieurs volcans à très haute altitude, les langues glacières recrachent leurs proies à la faveur du réchauffement. Il y a peu, les archéologues ont trouvé au bas du glacier une petite fille toute fraîche et presque vivante, une enfant martyr des sacrifices incas, encore parée des vêtements rituels et portant dans son sac les feuilles de coca nécessaires au courage de l'ascension. Elle, on ne l'avait pas laissé quitter la vie sans ses affaires. Ils avaient dû la sacrifier tout en haut et la jeter dans une crevasse, et son long voyage d'un demi-millénaire l'avait rendue à la lumière avec sur son visage intact cette lueur d'étonnement et de sérieux qu'on peut trouver seulement chez une toute petite fille. J'ai imaginé le voyage interminable de Lorenzo sous la glace. Je rêvais et je délirais en descendant. Finalement je suis arrivé sous la Bosse de la Momie, à l'endroit où l'on quitte le glacier pour entrer sur la moraine. Je me suis retourné pour regarder les faces nord déjà éloignées, et le dos rond du glacier, balafré de mille crevasses. Là-dessus, un ciel jaune, semé de nuages couleur pourpre. Je suis resté là longtemps, debout, appuyé sur le piolet.

Je sais qu'il est là, pensai-je. Il est mort, mort, mort. Mais je connais son âme. Il ne me quittera pas.

Paris, janvier 2022.

Imprimé en France par CPI
en décembre 2022

Composition : Soft Office

Dépôt légal : février 2023
N° d'impression : 172902